光文社文庫

萩・津和野殺人ライン　深谷忠記
倉敷・博多殺人ライン　深谷忠記
平城京殺人事件　深谷忠記
亡者の家　福澤徹三
陰陽師 鬼一法眼㈠　藤木稟
陰陽師 鬼一法眼㈡　藤木稟
陰陽師 鬼一法眼㈢　藤木稟
雨月　藤沢周
蝿の女　牧野修
海の微睡み　又吉栄喜
鯨岩　又吉栄喜
銀杏坂　松尾由美
スパイク　松尾由美
秘密の地下室　松田美智子
結婚と純愛のあいだ　松田美智子
網(上・下)　松本清張
死ぬという大切な仕事　三浦光世

「ぷろふいる」傑作選　ミステリー文学資料館編
「探偵趣味」傑作選　ミステリー文学資料館編
「シュピオ」傑作選　ミステリー文学資料館編
「探偵春秋」傑作選　ミステリー文学資料館編
「探偵文藝」傑作選　ミステリー文学資料館編
「猟奇」傑作選　ミステリー文学資料館編
「新趣味」傑作選　ミステリー文学資料館編
「探偵クラブ」傑作選　ミステリー文学資料館編
「探偵」傑作選　ミステリー文学資料館編
「新青年」傑作選　ミステリー文学資料館編
「ロック」傑作選　ミステリー文学資料館編
「黒猫」傑作選　ミステリー文学資料館編
「X」傑作選　ミステリー文学資料館編
「妖奇」傑作選　ミステリー文学資料館編
「密室」傑作選　ミステリー文学資料館編
「探偵実話」傑作選　ミステリー文学資料館編
「探偵倶楽部」傑作選　ミステリー文学資料館編

光文社文庫　好評既刊

新選組読本　日本ペンクラブ編　司馬遼太郎他
殺意を運ぶ列車　日本ペンクラブ編　西村京太郎他
鉄路に咲く物語　日本ペンクラブ編　西村京太郎選
撫子が斬る　日本ペンクラブ編　宮部みゆき選
こんなにも恋はせつない　日本ペンクラブ編　唯川恵選
皿の上の人生　野地秩嘉
紫蘭の花嫁　乃南アサ
ミステリーファンのための古書店ガイド　野村宏平
出もどり家族　ねじめ正一
虚の王　馳星周
大人になっても少女のように　花井愛子
真夜中の犬　花村萬月
二進法の犬　花村萬月
あとひき萬月辞典　花村萬月
スクール・ウォーズ　馬場信浩
天才詰将棋　羽生善治
青空について　原田宗典　絵・かとうゆめこ

白馬山荘殺人事件　東野圭吾
11文字の殺人　東野圭吾
殺人現場は雲の上　東野圭吾
ブルータスの心臓　完全犯罪殺人リレー　東野圭吾
犯人のいない殺人の夜　東野圭吾
回廊亭殺人事件　東野圭吾
美しき凶器　東野圭吾
怪しい人びと　東野圭吾
ゲームの名は誘拐　東野圭吾
男たちの凱歌　平岩弓枝監修
闇の蠍　広山義慶
釧路・札幌1/10000の逆転　深谷忠記
能登・金沢30秒の逆転　深谷忠記
弥彦・出雲崎殺人ライン　深谷忠記
指宿・桜島殺人ライン　深谷忠記
伊良湖・犬山殺人ライン　深谷忠記
札幌・オホーツク 逆転の殺人　深谷忠記

光文社文庫

傑作ユーモア推理小説

殺人現場は雲の上

東野圭吾

光 文 社

光文社文庫

傑作ユーモア推理小説

殺人現場は雲の上

東野圭吾(ひがしのけいご)

光文社

目次

ステイの夜は殺人の夜

1

九月二日、鹿児島STAY——。

新日本航空乗務員の鹿児島での宿泊先は、空港から十分ほどタクシーを飛ばしたところにあるKホテルと決まっていた。そして彼らが夜、酒を飲みにいく場所もだいたい決まっている。ホテル内にある、『ワイキキ』という鹿児島とは全く関係のない名前のスナックだ。数人座ればいっぱいになるカウンターと四人掛けのテーブルが二つ置いてあるだけの何の取り柄もない店だが、都会では絶対に味わえない雰囲気と、どこをどう見ても店の名前と結びつかないところが特徴といえばいえなくもない。

新日航スチュワーデスの早瀬英子(はやせえいこ)、通称エー子は、この夜もパイロットたちに誘われてこの殺風景な店に来ていた。だいたいパイロットというのは酒豪が揃っている。それだけストレスがたまりやすいというところだろうか。

「あたし痩(や)せたいの」

単刀直入に希望を述べているのはエー子と同期の藤真美子(ふじまみこ)、通称ビー子だった。この台詞(せりふ)からもわかるようにスチュワーデスには珍しい体形をしている。おまけに顔も丸いし目も丸い。ビー子というあだ名は、始終エー子とくっついているからという極(きわ)めて簡単な理由のほかに、ビー玉のように丸いからという根拠もあった。

「どうして痩せないのかしら、おつまみだって我慢してるっていうのに」

ビー子は大ジョッキを豪快に飲みほして、ため息をついた。

「痩せなくたっていいじゃないか」

コウ・パイ（副操縦士）の佐藤がいった。歳はまだ三十前で、彫りの深いマスクをしている。デス連中の人気ナンバーワンだ。「無理しないほうがいいよ」

「だけどエー子みたいに無理しなくても太らない人っているんですよね。不公平だわ」

「あたしは胃下垂なのよ」

エー子は遠慮気味にいった。事実彼女は太らない。いくら食べても細面の顔が丸くなることはないし、日本的な端正な顔立ちを何の苦労もなく維持している。

「胃下垂はデスの職業病だからね」

機長の浜中がいった。とりたてて特徴のない男だ。禿(は)げて太っていることぐらいか。

「いいなあ、あたしはどうして胃下垂にならないのかしら？」

「いいじゃない、健康で」

「でも最近、また二キロも太っちゃったのよ」

「それでかな」

と浜中が真面目な顔をした。「今日は妙に機体が傾いたんだ」

新日航スチュワーデス九十八期生のＡＢコンビといえば、社内では知らない者がいないといわれる。といっても二人が有名な理由は同一ではない。いやむしろ天と地、月とスッポン、灰とダイヤモンドほど違うのだ。

まずエー子は入社試験のとき、その経歴で試験官をちょっと驚かせた。東京大学中退となっていたからだ。そして試験の成績でさらにびっくりさせた。第一次試験から最終の面接まで、すべてダントツで通過していったからである。当然訓練学校も首席で卒業、正スチュワーデスになってからはパイロットたちからの信頼も厚く、彼女ならどんな仕事を与えても大丈夫というのが社内の定説のようになっている。

といって彼女はバリバリのやり手というタイプではない。ふだんは、どちらかというと無口でおとなしいほうだ。目立たず、人の陰に隠れていて、突然大変なことをしてみせるのである。しかも平然と。

一方ビー子のほうも試験官を驚かせた。受験票の写真と本人とがあまりに違っていたからである。その見事な修正のテクニックとどんなインチキをしてでも合格したいという執念に、試験官は感動すら覚えたという話だ。

入社試験においては第一次から面接まで、すべてギリギリのボーダー・ラインですべりこむという離れワザを演じている。のちに面接時の試験担当者が語ったところでは、あの丸い目で睨（にら）まれると、まるで悪魔に魅入られたように『合格』のところに印をつけてしまうのだそうだ。

訓練学校ではビリだった。

しかし彼女はそれでも絶対に落ち込むということがないのだ。なにしろ、何年か前にテレビでやっていたスチュワーデス訓練生のドラマを覚えていて、「あんなドジな子でもなれるんだから、あたしなんか楽勝」と信じているのだからおめでたい。正スチュワーデスになってからは、「ビー子ちゃんには必ずエー子ちゃんをつけておくこと」というのが社内でのセオリーになっている。もちろん本人は知らない。

こういう具合に何から何まで正反対の二人だが、不思議に息が合って、同僚である以外にマンションのルームメイトでもある。お互いの欠点を補いあって……とはいいにくいが、お互いにない部分を求めあっているというところだろうか。とにかく今夜は二人で仲よく鹿児島泊まりだった。

その男が入ってきたのは、四人が酒を飲みながら、たわいない話をしているときだった。客は彼らのほかには、カウンター席に二人いるだけである。男は四人に気づくと、表情を緩めて近づいていった。

「さきほどはどうも」

男は彼らのそばまで行くと白髪まじりの頭を丁寧に下げた。彼らは一瞬怪訝そうな顔をしたが、やがてビー子が、「あらー」と派手な声を出した。

「さっきのお客様じゃないですか」

「はい」

男は思いだしてもらえたせいか、うれしそうに目じりに皺を寄せた。その皺に覚えがあってエー子も、「お客様もこのホテルにお泊まりだったんですか」と訊いた。

「そうなんです。いやあ偶然ですねえ」

「キャプテン、この方今日の便のお客様だったんです」

ビー子がその男を浜中たちに紹介した。

その男は今日彼女たちが乗務した飛行機の中で、突然腹痛を起こした客だった。歳は四十を越えているようだがスマートな体形をしている。ビー子はロマンス・グレーが格好いいなどと後でいっていたぐらいなので、こうして再会できたのを正直に喜んでいるようだ。

「ほう、腹痛を。それは大変でしたね」

と浜中。

「いえ、ここのお二人によくしていただいたおかげで、すっかり治りました」

そういって男は自分の腹をポンポンと叩いた。

御一緒にどうですか、と浜中が横の椅子を勧めたとき、カウンターの電話が鳴って赤いベストを着たウエイターが受話器を取った。ウエイターは送話口を手でふさぐと、「本間様はいらっしゃいますか？」と呼びかけた。すると腰を下ろしかけていた男が返事をしてカウンターのところへ行った。それでエー子は男の名字を知った。

本間は電話で二言三言しゃべったあとウエイターに何事か命じ、そしてようやくテーブルに戻ってきた。

「女房がね、ホテルに着くなり気分が悪いとかいって寝こんでるんですよ。私の腹痛といい、そろそろ歳なんですかね。しかし少しましになったのか、何か食べ物を調達してくれといってきました」

本間の妻については、エー子は少しだけ記憶があった。白っぽい服を着た、大柄な女だった。たしか大きなファッショングラスをかけていた。

「もう九時ですからね、腹がへったんでしょう」

そういって本間は壁の時計を見た。

彼の注文らしいサンドウィッチをウエイターが運びだすのをきっかけにして、ビー子も腰をあげた。彼女はさっきからトイレばかり行っている。ビールの飲みすぎなのだ。

本間は一人で飲むつもりだったところに思わぬ飲み仲間ができたことがうれしいらしく、饒舌にいろいろなことをしゃべりだした。それによると彼の職業は大学の助教授で、心理学を教えているらしい。大学は昨日から始まっているのだが、彼の最初の講義まではまだ一週間近くあるので、妻を連れて九州見物にきたのだということだった。

「女房の甥がこちらの大学院にいましてね、その子のようすもついでに見ていこうと思っているんですよ」

　そういって彼は水割りを飲みほした。

「本間さんのお子さんは?」

　エー子は本間のズボンについたゴミを取りながら訊いた。彼女にはこういう女らしいところがあるのだ。彼は恐縮したあと、「それが一人もできませんでね」と残念そうに目尻を下げた。

　しばらくしてビー子がさっぱりした顔で戻ってきた。ずいぶん遅かったじゃないとエー子がいうと、部屋に行って化粧を直してきたのだと彼女は答えた。それでよけいにさっぱりして見えるらしい。

「あっそうそう、ウエイターさんが本間さんの奥さんにサンドウィッチを届けているところを見ましたわ。あたしたちの部屋のすぐそばなんですね」

「ほう……」と本間は真顔になった。「どうでした、どんなようすでしたか?」

「ちらっとだから……でもお元気そうでしたよ。顔色もよさそうだったし」

「そうですか」

　本間はほっとしたように吐息をついた。「あいつに寝こまれると旅行が台無しですからね。いや、助かった」

　彼の言葉にあまりに実感がこもっていたので、過去にもこういうことがあって、そのときは台無しになったのだろうなあとエー子は考えていた。

そのあと四時間ぐらいそうやって飲んでいて、時計の針が一時をまわりかけたところでおひらきとなった。その間に男連中はウイスキーを一本とビールを半ダース空け、エー子は小ジョッキ二杯とジュース一杯を飲みほした。ビー子は大ジョッキを三杯飲み、トイレに四回行った。

「いやあ、今夜は思いがけず楽しかった」

エレベータを下りてそれぞれの部屋に向かう途中、本間はしみじみといった。浜中たちは一階下で下りている。

「おかげでよく眠れそうです」

「あたしたちこそ面白いお話を聞かせていただいて楽しかったですわ」

エー子がいった。彼の話す心理学に関するエピソードは非常にためになりそうな内容で、パイロットたちも真剣に耳を傾けていたのだった。

「本当に参考になりました」

と、一人だけ欠伸(あくび)ばかりしていたビー子も礼をいった。

「そういっていただけるとありがたい。また何か機会があれば御一緒したいですね」

本間はそういうと自分の部屋の前で足を止めて、小さく頭を下げた。エー子とビー子も並んで会釈した。

「ではこれで」

「おやすみなさい」

そして二人は自分たちの部屋に向かって歩きだした。背後でドアの鍵を外す音がした。エー子とビー子はツイン・ルームに泊まっている。本間たちの部屋から数えて四番目だ。ビー子がちょっと手間どりながら鍵をあけた。

何か大きな叫び声が聞こえたのはそのときだった。エー子の耳にはそれが何と叫んでいるのか咄嗟にはわからなかったが、声が本間のものだったということは判断できた。彼の部屋のドアは半開きになっている。エー子とビー子は迷わず駆けだしていた。

2

「で」

と、鹿児島県警の望月刑事は二人の顔を見較べながらいった。歳は三十半ばくらい、髪を七・三に分け、金縁眼鏡をかけた銀行マンタイプの男である。この時期にスーツをぴっちりと着こなしている。

「あなた方が第二発見者というわけですね?」

「そうです」

ビー子が胸をはって答えた。「なんでも訊いてください」

望月は、「それほどお訊きすることもないのですが」と小声でことわってから、二人に本間との関係を尋ねてきた。エー子は知り合ったきっかけから、スナックで一緒に飲んでいたことまでを順序立てて説明した。刑事の彼女を見る目が変わった。

「ほう、あなたはスチュワーデスなのですか。なるほど、どうりで……」

「あたしもです」とビー子がいった。「何を隠そう、あたしもスチュワーデスなんです」

するとと望月は彼女を見てちょっと間をあけてから、

「へえ、なるほど」

と何か彼なりの納得をしたようだった。


本間の声で彼の部屋にとびこんだときにエー子の目に入ったものは、ベッドの上で長々と伸びた女の身体と、その身体を懸命にゆすっている本間の姿だった。彼がゆするのに応じてハイヒールを履いた足が揺れる。どうしたのか訊こうとエー子は近づいたが、すぐに事態を察知した。女の肌に全く精気が感じられなかったからだ。フロントに電話を、と彼女が受話器に手を伸ばしかけたとき、ビー子はすでに気絶していた。

警察はそれから十五分後ぐらいにやってきた。気絶から立ち直ったビー子が、「すごいっ、刑事ドラマみたい」と表現したように、捜査員や鑑識課員がやってきてものものしく検視が始められた。金縁眼鏡の望月刑事もその捜査員の一人である。彼の仕事はもう一人の若い刑事とペアになって関係者からの話を聞くことらしく、エー子たちにも事情聴取を申しいれてきたのだ。事情聴取には現場の隣りの部屋が提供された。

「すると一時少し過ぎに本間氏の部屋の前で別れ、その直後に悲鳴を聞き、部屋に行ってみて事件を知った……とこういうわけですね」

「そうです」

エー子とビー子は声を合わせて答えた。

「そのあとフロントに連絡し、本間氏と共に廊下で支配人を待ち、彼に状況を説明して警察に連絡してもらうよう頼んだ……これに間違いありませんね?」

「はい」

エー子が歯切れよく返事した。事件を知ったあと、すぐに部屋を出たのは、できるだけ現場を触らないほうがいいだろうと思ったからだった。

「間違いありませんね?」

望月はビー子にも念をおしたが、彼女は涼しい顔で、「あたしはその間自分の部屋で待機していたものですから」と嘘をついた。「待機」などというと聞こえはいいが、早い話が気を失っていたのだ。

「その騒ぎの前後にですね、あなたたち以外の誰かの姿を見かけなかったですか?　たとえば廊下ですれちがったとか」

望月はどちらともなく訊いたが、どちらも同じように首をふった。九月の平日は泊まり客も少ない。しかも夜中のことだ。刑事も、「そうですか、そうでしょうね」と頷(うなず)いていた。

「あのう」とエー子はおそるおそる訊いた。

「本間さんの奥さんはやっぱり殺されになったんですか？」

いいながら妙な敬語だなと彼女は思ったが、刑事は不自然さには気づかぬようすで、「たぶんそうでしょうね」と答えた。

「死因は何ですか？」とビー子。「やっぱり刃物かなんかで刺されたんですか？」

「刃物？」と刑事はきょとんとした顔をした。「違いますよ。血なんか出ていなかったでしょう？」

「そうでしたっけ……」

「死因は窒息です。首をしめられたんですよ」

ゲッと声を漏(も)らしたのはビー子だ。ついでに彼女は舌まで出した。

聴取を終えて二人が部屋から出ると、廊下は大勢の男たちでごったがえしていた。その中をかきわけて自分たちの部屋の前まで来ると、浜中と佐藤が眠そうな顔で彼女たちを待っていた。

「大変だったそうじゃないか」

佐藤が心配そうに二人の顔を見た。「ビー子君はのびてたというし」

「のびてなんかいません」とビー子は膨れた。「部屋で待機していたんです」

エー子は浜中にだいたいの経過を話した。

「じゃあ、明日のフライトに差し支えるということはないようなんだね?」

と浜中はあくまで義務主体の受け答えをする。

「たぶん大丈夫だと思います」

「まあ君たちは第三者なんだから、そう面倒なことになるとは思えないが、また何かあったら連絡しなさい」

わかりました、と二人は頭を下げた。

彼らと別れて部屋に入るなり、「すっごいわね!」とビー子はいった。「あたしあんなの初めて見ちゃった、今でもドキドキしてる」

「こわかったわ」とエー子はベッドに腰をおとした。彼女も死体を見るのは初めてである。しかも他殺死体だ。今までずっと緊張のしどおしだったので恐怖を思いだす余裕もなかったのだ。

「殺人事件なんてドラマの中でしか知らなかったけど、あるところにはあるものねー。ようし、みんなにいいふらしちゃおう」

まるで何かいいことにでも出会ったような口ぶりでビー子ははしゃいでいる。とてもさっきまで気絶していた娘だとは思えない。まあこの楽天的な性格が買われて採用になったという噂もあるほどなのだが。

「それにしても」

とエー子は彼女とは対照的に眉間に皺を寄せて考えこんだ。「いったい誰が奥さんを殺したのかしら?」

「ハンドバッグが盗まれてるって、刑事さんがいってたわよ」

ビー子は人の内緒話に聞き耳をたてる名人なのだ。「だから強盗じゃないの?」

「でもどうして奥さんを狙ったのかしら? 部屋はほかにもあるのよ」

「たまたまよ。あの奥さんは運が悪かったのよ」とビー子は簡単にいう。

「でも」とエー子は首を傾げた。「ツイン・ルームなのよ。強盗は相手が二人いるかもしれないってことを考えなかったのかしら?」

「ずっと目をつけていたんだわ、きっと。それで御主人が出かけるのを見て、押しいったのよ」

「どうやって押しいるの? ドアには鍵がかかっているのよ」

このホテルのドアは閉めるだけで鍵のかかる自動ロックになっている。

「それは……なんとかしたのよ」

「なんとかって?」

「だから……いろいろよ。そんなの、なんとでもできるじゃない」

「そうかなあ……」

釈然としなかったが、それ以上議論していても始まらないので、エー子はバスに入ることにした。靴を脱いでスリッパにはきかえるとき、なぜ本間夫人はハイヒールを履いていたのかという疑問が彼女の頭をかすめた。しかも夫人は気分が悪かったという話だ。部屋についたら靴を脱いでくつろぎたいというのが人間の本能ではないだろうか。

「ああ、明日が楽しみだわ。みんなにこの話をしてあげなくっちゃ。エー子あなた、あたしが気を失ってたってこと人にいっちゃだめよ」

ビー子はハイヒールを脱ぎすてると、ごろんとベッドに横になった。

3

翌朝九時頃枕もとの電話が鳴りだしたのでエー子がとってみると、ホテルマンにしては聞きとりにくい声が耳に入ってきた。聞き覚えがあると思ったら望月刑事だ。フロントからかけてきているらしい。もう一度話を聞きたいという用件だった。

待ち合わせた一階のロビーにビー子と二人で行くと、昨日と同じように若い刑事を連れた望月が待っていた。昨夜は眠っていないのか、目が充血している。「お疲れのところを」と彼は頭を下げたが、それはまるで自分にいっているような言葉だった。

「最後に夫人を見たのは誰かということになりましてね」

手帳を開きシャープペンシルで頭を掻きながら刑事はきりだした。

「調べたところ、九時頃にスナックのウエイターが本間さんに頼まれて、部屋までサンドウィッチを運んでいます。それはご存じですね?」

二人は黙って頷いた。

「その時にこちらの藤さん（ビー子のこと）が通りかかられたという話なのですが、本当ですか?」

「ええ、本当です。するとあたしがいちばん最後に奥さんを見たということになるのですか?」

ビー子は目を輝かせ、声を弾ませていった。自分が重要な証人だと知ってうれしいらしい。

「あなたとそのウエイターが、です。それでウエイターの記憶に間違いがないかどうか確認したいのですが」

「任せてください」とビー子は胸を叩いた。

「記憶力には自信があるんです」

「はあ……」と刑事はちょっと複雑な表情を浮かべたのち質問を開始した。

「まずあなたが通りかかられたとき、奥さんは何をしておられましたか?」

「何をって……だからサンドウィッチを受け取っておられました」

「入口のところで?」

「はい。ドアを少し開いて、その間から受け取っておられたようです」

「服装はどうでしたか？」

「ええっと、白っぽい色のワンピースだったと思います」

「何かしゃべっておられましたか？」

「さあ、あたしには聞こえませんでした」

ふむ、と刑事は一呼吸おいて頷いた。ウエイターの証言と一致しているからだろうか。

「そのとき廊下には、ほかに誰もいなかったのですね？」

「いませんでした」

「なるほど」

望月は二、三度頷くと手帳を閉じて背広の内ポケットにしまった。「わかりました、ありがとうございます」

「もう終わりなんですか？」とビー子は不満そうな顔をした。

「その後、何かわかったのですか？」

エー子が訊く。望月は軽く頭をふった。「何もわかりません。わかっているのは本間夫人が殺されたということだけです」

「犯行時刻だとか……」

すると望月はちょっと肩を竦めるしぐさをして、「今のところは最後に姿を見せた九時以降だということしかわかっていません」といった。

エー子たちが本間夫人の甥と名乗る男に話しかけられたのは、ホテル内のレストランで遅い朝食をとっているときだった。アメリカン・セットというボリュームのあるメニューを平らげて、さてコーヒーを、というときに現われたのだ。歳は二十代半ばぐらい、男にしてはあまり背が高くない。色も白いほうで、半袖シャツから伸びている腕も細かった。

「いろいろ御迷惑をおかけしたそうで」

と男はかん高い声で話しかけてきた。名前は田辺秀一、本間夫人の血縁は彼ひとりだということだった。

「叔母とは今日会うことになっていたのですが、まさかこんなことになるとは……驚きました」

秀一は神経質そうに眉を寄せた。

「本間さんにはお会いになりましたか?」

エー子が訊くと彼は弱々しく頷いた。

「さっき会いました。叔父もこんな旅行になるとは夢にも思わなかったでしょうね。しかも落胆する暇もなく警察に呼ばれたりしているんですから、さぞまいっていることでしょう」

「警察?」とエー子は聞きなおした。「田辺さんも警察に行かれたんですか?」

「はい、今朝早く呼ばれまして。そこで叔父にも会ったのです」

「田辺さんは何を訊かれたんですか?」

ビー子がヤジ馬根性まるだしで身を乗り出した。

「いろいろですよ」と秀一は答えた。「アリバイも訊かれました」

「アリバイっ」

頓狂な声を出したので、店中の客が注目した。ビー子は口を押えた。

「どうして田辺さんが?」

エー子が遠慮気味に訊いた。こういうことは積極的に訊きたいが訊けない。だが秀一は気分を害したようすもなく、穏(おだ)やかな口調で話した。

「詳しくは知りませんが、ここのホテルは自動ロックだとかで、叔母たちの部屋も百パーセント鍵がかかっていたはずなんだそうですね。そうすると犯人が部屋に入るには、中にいる叔母に鍵をあけてもらわないといけない。そうすると顔みしりの犯行のセンが濃いということになるんだそうです」

「それで田辺さんはアリバイがあるのですか?」

ビー子が訊く。こういうときに彼女の無神経さは貴重だ。

「九時から深夜一時まで、といわれたんですがね、あいにく九時半頃からのアリバイしか証明できませんでした。というのは昨夜は友人の家にいましてね、着いたのが九時半頃だったのです」

「でもひどいですね、身内を疑うなんて」

エー子は自分が刑事ならこの男を疑ったりはしないだろうと思った。いかにも非力そうで、首をしめようとしたら逆にしめられそうな感じなのだ。「それに動機の問題だってあるし」

すると秀一はやや寂しげな苦笑を唇に浮かべた。

「僕もそう思うんですがね、考えようによっては動機がないこともないということに気づいたんですよ」

「巨額の生命保険にでも入っておられたのですか?」

とビー子はいかにもありがちなことをいう。彼は苦笑したまま首をふった。

「叔母が死んで僕に金が入るということはありません。その逆です」

「逆? お金が出ていっちゃうの?」

「いえそうじゃありません。だから逆というのはおかしいな……つまり、叔母が死ぬと僕に金が入るのではなく、叔母が生きていると僕から金が出ていくのです」

「……?」

ビー子が黙るということは頭の中が混乱していることを意味する。代わってエー子が訊いた。

「夫人は田辺さんのお金を使っていた、ということですか?」

そうです、と秀一は顎をひいた。

「じつは僕の父、つまり叔母の兄は、かなり多額の遺産を僕に残してこの世をさったのです。

ところが遺書には、僕が一人前になるまで遺産の管理を叔母に委ねるとなっているんですよね。それで今まで遺産はずっと叔母の下にあったわけですが、最近その遺産がかなり減ってきていることがわかったのです。どうやら叔母が株に投資していたらしいのです」

「まあ、勝手に？」

「勝手に、といっても身内ですからね。叔母に罪悪感はなかったのでしょう。でも僕が止めてくれと頼んでも、あなたのためにやってあげてるんだ、返すときには元金はきらないようにするとかいって全然きいてくれず、遺産は確実になくなっていくという状態でしたからね。警察の目から見れば、動機あり、ということになるようです」

自分のことを話しているとは思えぬほど冷静な口調で彼は説明した。

「失礼ですけど昨夜、田辺さんが行っておられた友達の家というのは、ここからだとどれくらいかかりますか？」

エー子の質問にしばらく考えたのち、「車で急いで二十分ですね」と彼は答えた。

「それならきっと大丈夫だわ」

ビー子がいった。「だってあたしが最後に夫人を見たのは九時ちょっと過ぎだもの。殺人を犯してから九時半に着くのは殆ど不可能よ」

「そうでしょうか？」

秀一が心配そうな顔をするので、「あたしが証人なのよ。間違いないわ」と彼女は自分の胸を叩いた。

4

「らっきー」

とビー子は手を叩いた。警察への協力という理由で、この日のフライトはほかのスチュワーデスに代わってもらったのだ。鹿児島県警からの要請である。

しかも望月と会う約束をしたのは夜なので、それまでゆっくりと近くを見物することもできるのだ。ビー子でなくとも、「らっきー」という気持ちになるところだろう。ただふつうの人間は、こういう場合、そうはしゃいで遊びまわったりできないものなのだが、二人は街へ出て土産物屋を覗いてみたり、ガイドブックを見て『郷土料理なら〇〇〇屋がグー。千三百円で一通り味わえる』とかいう店まで足を伸ばしてみたり、とにかく充分に観光気分を満喫してしまったのだ。もっともビー子が貪欲に歩きまわり、エー子はそのあとを必死でついていくというのが実情だったが。

そんなふうに時間を有効利用したのち、彼女たちは刑事に会った。

「すみませんねえ、何度も」

望月はペコペコ頭を下げたが、ビー子はニコニコしている。仕事をサボれたうえに、ヤジ馬根性を発揮できるのだから最高なのだろう。

「夜まで待っていただいたのは、ほかでもありません」

もったいぶった調子で刑事はきりだした。今朝と同様、ロビーでの事情聴取である。もしかしたらレストランあたりで、などとビー子はいっていたが、さすがにそこまで甘くはなかった。

「解剖結果が出てから、と思ったものですから」

「それが何か」

とエー子はシリアスを心がける。

「いや、それは後ほどお話ししましょう」

望月は慎重な手つきで手帳を取り出してきた。

「昨夜あなた方は、八時頃から午前一時過ぎまでスナックで飲んでいたということでしたね?」

「はい」と二人は声を揃えて答える。

「本間氏は九時ちょっと前にやってきて、最後までつきあってた……」

「そうです」とエー子。

「知ってたら訊かないでください」とビー子。

望月は咳(せき)ばらいをした。

「そこでお訊きしたいんですがね、本間氏は最初から最後まで一度も席を立たなかったですか? それともどこかで立ちましたか?」

えーっとエー子は声を出した。「そんなの覚えていません」

「あたし覚えています」

鼻の穴を膨らませたのはビー子だ。自信満々のときに、こういう顔になる。

「本間さんは一度も席を外しておられません。あたし、自分がトイレばっかり行くものだから、本間さんが全然行かないのを不思議に思っていたんです」

何が記憶の手助けになるかわからないということを証明するような話だ。だが望月は納得できないようすで、

「本当ですか？　たとえば九時半とか十時頃に、ちょっとだけでも席を外したことはなかったですか？」

とくいさがってきた。もちろんビー子は、

「ありません。あたしの記憶はたしかです」とうけつけない。「そうですか」と彼は肩を落としたようにエー子には見えた。

「あのう……本間さんを疑っておられるのですか？」エー子は彼の顔を上目遣いに見ながら訊いた。

彼は彼女の目を見返して、「はい」と答えた。「はっきりいって疑っています」

「九時半とか十時とかいうのは……」

「死亡推定時刻なのです」と望月はいった。「解剖の結果、胃の中に未消化のサンドウィッチが残っていたのです。それを調べたところ、食べてから約三十分経過していると判定されたの

です」

「じゃあ、だめだわ」ビー子があっさりいう。「本間さんにはアリバイがあるもん」

「だからですね」と刑事はすがるような目で二人を見た。「もう一度よく考えてくださいよ。本当に一度も出なかったですか?」

「動機はなんですか?」

エー子が刑事の質問を無視して尋ねた。

「田辺秀一さんが疑われている理由は聞きましたけど」

「同じですよ。夫人が株につぎこんだのは田辺氏の遺産だけでなく、自分が親から受け継いだ財産も投資していたのです。こちらは自分で自分の金を使っているのだから文句をいわれるすじあいはないのですが、本間氏にしてみればそんなふうにしてなくなってしまう前に、なんとしてでも自分のものにしたかっただろうと思うのです」

「でもアリバイがあるわ」とビー子はしつこい。

「ああ、それに」とエー子も思いだすことがあっていった。「死亡推定時刻が九時半から十時ということは、田辺さんもアリバイ成立ですね」

「そうなんですよ」

望月はうんざりした顔をした。「あっちも完璧なんです」

「八方ふさがり」

ビー子のつぶやきに対しても、刑事はジロリと睨んだだけだった。

「捜査のやり方が悪いのよ」

ネグリジェ姿でベッドにあぐらをかき、ドライヤーでびゅんびゅん髪を乾かしながらビー子はいった。しゃべる合間にポテトチップスの袋に手を伸ばす。痩せたいっていったのはどこの誰だっけとエー子は呟いた。

「だいたい顔みしりの犯行って決めるのがおかしいと思わない？　ハンドバッグだって盗まれてるっていうのに」

「でもそれは犯人の偽装かもしれないわ」

「かもしれないっていうだけじゃない」

ビー子は少しムキになっている。その理由がエー子には手にとるようにわかるのだ。たぶんロマンス・グレーの本間氏も、やさ男の田辺も彼女の好みだからだろう。

「でも部屋に入る方法がないわ」

「だから……それはなんとかしたのよ」

昨夜と同じやりとりになった。ビー子は自分の分が悪くなると、「なんとかした」とか「いろいろ手はある」とか、曖昧な表現になるのだ。

「まあとにかく捜査はふりだしね」

ポテトチップスをバリッとかじりながらビー子はいった。ポテトの破片がベッドにこぼれおちた。

「あーあ、行儀悪いわね」

エー子が顔をしかめると、「平気よこんなの」といってビー子はそれを掌(てのひら)ではらいのけた。細かい破片がぱらぱらと床に落ちる。

エー子の頭の中で何かがひっかかった。

それは奥歯に魚の小骨がひっかかったときの感覚に似ていた。舌の先に触るし、今にも取れそうなのだが取れないのだ。しつこい骨になるとつまようじでも取れない。そして不快感は増幅されていく。

「どうしたのよ、エー子。おなかでも痛いの?」

殆ど悩んだことのないビー子は、人は時に思考で顔を歪(ゆが)めるということを知らないのだ。

「お願い、少し黙っていて」

エー子は枕にしがみついて必死に頭の中を整理していた。ポテトチップスの屑、ゴミ、パン屑……。

彼女は退屈そうにしているビー子に訊いた。

「ねえ、ビー子が最後に夫人を見たとき、彼女は眼鏡をかけていた?」

「えーっ、眼鏡?」

ビー子は黒目だけを天井に向けてしばらく考えていたが、やがて、

「そうね、たしか眼鏡をかけていたわ。大きな眼鏡よね」

と答えた。

エー子は電話にとびついた。

頭の中のひっかかりがポロリと取れたのだ。

5

翌朝、例によってホテルのレストラン。

本間は薄いグレーのスーツを着て朝食をとっていた。彼はエー子たちの姿に気づくと、小さく手を上げた。彼女たちは彼の向かい側に席をとった。

「このたびは本当に御迷惑をおかけしまして」

彼はわざわざ椅子から立ち上がって頭を下げた。

「そんな……本間さんのほうこそ大変でしたね」

エー子の言葉に彼は、いやまあ、と疲れた笑いを浮かべた。

「悲しんでいる暇もなくてね、今日もこれから家に帰っていろいろとやらなきゃいけないことがあるんですよ」

「だったらあたしたちの飛行機ですわ。今日これから乗務なんです」

ビー子がいうと本間はうれしそうな顔をした。

「それはついてるな。一人で気が重かったんですよ」

「たっぷりサービスしますわ」

ビー子は妙な言い方をした。

「ところでちょっとお訊きしたいんですけど」

エー子は彼の顔を見ながらいった。「奥様は目がお悪かったのですか？　たとえば近視とか」

「いいえ」と本間はかぶりをふった。「目はいいほうでしたよ。まだ老眼という歳でもなかったし。それが何か？」

「いえ、大したことじゃないんです」

エー子のほうも首をふった。「ただちょっと気になったものですから。だって奥様は眼鏡をかけて倒れておられたでしょう？　部屋の中でサングラスというのも変な気がして」

エー子は瞬間、本間の目が鋭く光るのを見たように思った。あるいは思いすごしだったのかもしれない。とにかく彼はすぐに穏やかな表情に戻っていた。

「なるほど、そういえばそうでしたね。しかし女房は伊達眼鏡が好きでね。家でもずっとかけているんですよ」

「そうですか」とエー子も頷く。「そういう人もいるかもしれませんわね」

やがて時間がきて、彼女たちは出なければならなくなった。エー子は本間にいった。

「それではお先に失礼します」

本間も笑顔で応じた。

「飛行機の中でお会いしましょう」

鹿児島空港に行くと、望月がすでに来ていて彼女たちを待っていた。最初に会ったときにくらべ、髪はぼさぼさで疲れも滲（にじ）んでいる。しかし顔色はよかった。

「昨夜の件で、こちらの空港周辺はすべて当たってみたんですが、それらしき事実はありませんでした。それで今、東京のほうを当たってもらっているところです」

「間にあいます？」とビー子は疑わしそうに訊く。「東京は広いんですよ」

「間にあわせます」と望月は大きく頷いた。

エー子たちスチュワーデスは出発一時間前には支度を整えておかなければならない。そして五十分前にはディスパッチ・ルームでパイロットたちと打ち合わせを行なう。その後、機内に乗りこむのであるが、だいたい三十分前までには乗って、客室のチェックを行なうことになっている。

「間にあうのかしら？」

読書灯の点検をしながらビー子は心配そうにいった。望月たちの実力を信用していないロぶりだ。

「間にあわせるっていってたじゃない」

「ふん」とビー子は鼻を鳴らした。「ロじゃなんとでもいえるのよね」

問題は、とエー子は客室の窓から待合室のほうを眺めながら考えた。問題は間にあうとか間にあわないとかいうことではなく、そういう「店」を探しだせるかということだ。人の記憶というのはうつろでアテにならない。時間がたてばたつほど真実が闇の中に紛れてしまう可能性は濃くなる。今日警察がそれを探しだせなかったら、永久に見つけられなくなるかもしれない。

「十五分前よ」

ビー子がいった。客が搭乗してくる時刻である。エー子はタラップの上に立つと、やや緊張して搭乗客を待った。

夏休みが終わった直後だけに、相変わらず客は少ない。ほとんどが背広に身を包んだビジネスマンだ。彼らは飛行機にもスチュワーデスにも慣れている。夏の観光客の中には、一緒に写真に写ってくれといいだす年寄りまでいるのだが、仕事で東京・鹿児島間を往復しなければならない彼らにとっては、機内でどれだけ書類に目を通せるかが最大の関心事である。スチュワーデスの姿など目に入らないようすだ。

一様に疲れた表情を浮かべる男たちをあらかた招きいれたのち、エー子は待合室のほうからゆっくりと歩いてくる男に視線を落とした。男は彼女に気づくと小さく手を上げたようだ。そしてその男が本間だと知ったとき、エー子は深い落胆を覚えていた。

――やっぱり見つからなかったんだ。それとも本間氏はもともと犯人ではなかったのだろうか？

昨夜ビー子がこぼしたポテトチップスの屑を見て彼女が思いだしたのは、本間とスナックで会ったときに彼のズボンについたゴミを取ってやったことだった。あのときは別になんとも思わなかったのだが、あれは間違いなく小さなパン屑だった。彼はパン屑をつけてスナックにきたのだ。

ではなぜ彼はパン屑などつけていたか？

常識的に考えれば、彼がスナックに来る前にパンを食べてきたということになる。ではパンを食べたのは彼一人か？　夫人は気分が悪いといって食べなかったのか？

そこでエー子の頭は激しく回転した。

本間夫人の胃の中には未消化のサンドウィッチが残っていたが、それが必ずしも例のウエイターが運んだものとは限らないのではないか。前もって別のサンドウィッチを用意しておき、それを食べさせたのち殺害したということも考えられるのではないか。たとえばこうだ――。

ホテルに到着して間もなく――おそらく八時過ぎ、本間は夫人と一緒に持参してきたサンドウィッチを食べる。そして三十分ぐらい経過したのち夫人を殺害するのだ。つまり夫人はハイヒールを脱いでくつろぐ暇もなく殺されたということだ。

本間は犯行後スナックに行き、アリバイを作ったあとでサンドウィッチを届けさせる。こうすれば自分の身の潔白は証明できるというわけだ。

自分たちはアリバイ作りに利用されたのかもしれない、とエー子は思った。考えてみれば、飛行機の中で腹痛をおこした人間が真夜中まで酒を飲み続けるというのは不自然な話だ。おそらくあの腹痛は、乗務員たちと知り合いになっておくための布石だったのだろう。そして彼は、あの『ワイキキ』という名の野暮ったい店が、エー子たち新日本航空乗務員たちの行きつけの店だということを知っていたに違いない。あそこに行けば、アリバイを証明してくれるカモがいる、とばかりに。

本間は薄く笑いながらタラップに足をかけた。

ただ、そこまで考えてもまだ問題は残った。スナックに夫人から電話がかかってきたことと、彼女自身がウエイターからサンドウィッチを受け取っている点である。しかしこれは替えだまを使えばごまかせないことではない。夫人は大きな眼鏡をかけていたし、かつらをかぶれば初対面の人間ならば気づかないだろう。

夜中の電話ではあるが、以上の話を聞いた途端に望月の声は明るくなった。エー子はいった。

「じゃあ明日にも逮捕ですか?」

だが彼は、それはわからないといった。

「たしかに推理としては成り立つのですが、証拠がありません。物的証拠がないかぎり、彼のアリバイを崩すのは困難です」

「じゃあ、みすみす逃がしちゃうんですか？」

「そんなことはありません。もしあなたの推理が正しいのであれば、本間氏もしくは本間夫人のどちらかが、どこかでサンドウィッチを買っているはずなのです。その店を探しだしてみせます」

「見つかるかしら？」

「見つけます」

彼は断言した。

本間はタラップを上がってきている。

もし本間がサンドウィッチを買った店を探しだせたのなら、望月はこの空港で彼をつかまえるはずだった。しかし本間はエー子の目の前にいる。見つからなかったのだ。

本間はエー子の前に立った。

「よろしく」

彼はこういって歳のわりに白い歯を見せた。職業柄、条件反射的に彼女も微笑(ほほえ)んだ。だが次の瞬間、その笑顔はゼンマイ仕掛けの人形がこわれたみたいに不自然な形で静止した。

本間を見上げるエー子の目の端に、一台の車が入ってきたのだ。それは白いオープン・カーで、運転しているのは間違いなく望月だった。そしてその後ろで若い刑事につかまえられているのは田辺秀一だ。

エー子は一瞬にして事態を悟った。店が見つかったのだ。そして夫人の替えだまを演じていたのが誰かも。なるほど、肩が細く声もかん高い彼なら可能かもしれない。共通の動機を持つ二人が共謀して夫人を殺した――たしかにこれがいちばん納得できる解釈だ。

エー子は再び本間に向かって微笑んだ。「お客様」

彼はちょっと小首を傾げた。彼女は小さく深呼吸し、そして彼の背後を掌でさししめしていった。

「お客様が御搭乗になられる機は、あちらでございます」

忘れ物に御注意ください

1

十一月二十日、日曜日。大阪十八時三十五分発東京十九時三十五分着予定の、A300客室内にて——。

「悲劇だわ」

ビー子こと藤真美子が、照明のチェックをしながら呟いた。今は午後六時を少しまわったところで、彼女たちスチュワーデスは出発前の準備をしているのだ。

「どうしてあたしが、こんな悲惨な目にあわなきゃならないのよ」

「しかたがないじゃない。こういうことだってあるわよ」

受け答えをしているのはエー子だ。

「ベビー・ツアーだって？　いったい誰がそんなくだらないことを考えだしたのかしら」

ビー子は丸い頰を膨らませる。

「そりゃあ旅行社でしょ。うまいことを思いついたなって気がするけど」

「冗談じゃないわよ。こっちの身にもなってほしいわ」

二人がひそひそ声でしゃべっているうちに、チーフ・スチュワーデスの北島香織が背後に近づいてきて、「藤さん」と声をかけた。ビー子はしゃっくりをしたような声を出し、『気をつけ』の姿勢をした。

「あなたにとっては非常にいい経験だと思いますよ。デスとしても、未来の母親としてもね。そうだわ。今日のベビー・ツアー関係の仕事はすべてあなたに任せることにしましょう」

「えーっ、そんな殺生なあ」

「お黙んなさいっ」

香織の声と唾が飛んだ。「お客様はお客様です。いいですか。がんばるんですよ。そうすればデスとしての自覚も出るし、体重も少しは減るでしょう」

「まあ」

ぴんと背筋を伸ばして歩いていく北島香織の後ろ姿に、ビー子は思いきりアカンベをした。

ベビー・ツアーというのは某旅行社が考えだした、乳児持ちの若い夫婦を対象にした旅行パックのことだった。世の中には赤ん坊がいるために旅行を我慢している夫婦が案外多い。旅行中の世話が大変なうえに、同行者への気づかいもしなければならないし、実家が近くにない夫婦の場合には誰かに預けるわけにもいかないからだ。その点ベビー・ツアーは、そういった夫婦だけを対象としているので、赤ん坊がいることを前提に計画がたてられている。スケジュールは決してハードではないし、休憩場所には必ず赤ん坊の世話ができるところが選んである。そして何よりいいことは、参加者全員が赤ん坊持ちなので気がねをする必要が全くないということだった。

そのベビー・ツアーの一行が、これからエー子やビー子たちの飛行機に搭乗する。ビー子がぼやいているのは、このことを知らされたからだった。

「人間の赤ん坊なんて、いちばんかわいくないのよね。パンダの赤ちゃんなんて、ぬいぐるみよりも断然かわいいじゃない。そういえば、人間の赤ちゃんのぬいぐるみなんて売ってないわね。きっと売れないのよ、かわいくないから」

ビー子はイライラするとメチャクチャなことをいいだすのだが、エー子は笑いながらそれを聞いていた。

六時二十分を少しまわった頃、いよいよ客が乗りこんできた。エー子たちは入口に並んで彼らを迎え入れる。

この便は平日はビジネスマンが多いが、休日になると旅行者の数が大半となる。今日も二十代前半くらいの若者たちの姿が彼女たちの目についた。

ところがその旅行者たちの顔色に、何か共通の色があることにエー子は気づいていた。ひと言でいうなら、困惑と恐怖と憂鬱をかけあわせたような表情だ。

「まいったな、ほんとに」

学生ふうの男がスチュワーデスの前を通過するときに呟いた。同行の男がこれに答える。

「ああ、こっちは疲れてるってのに、こりゃあ眠れそうにないぜ」

エー子は隣りのビー子と思わず顔を見合わせた。

乗客の半分くらい通過した頃だろうか、ボーディング・ブリッジの後ろから猫が踏まれたような声が聞こえてきた。それもひとつやふたつではない。いくつかの泣き声が重なりあい、混じりあって近づいてくるのだ。

「出た」

とビー子が悲壮な声を出した。「悪魔の叫びがやってくる」

やがて一般乗客の後方に、赤い三角形の旗が見えた。よく見ると旗には赤ん坊のマンガが描いてある。それを持っているのは髪の長い、結構若い女性だ。おそらく添乗員なのだろう。彼女は整った顔だちをしていたが、この旅の苛酷さを物語るように顔色は青ざめ、目は充血していた。

そして彼女のあとに、その集団は続いていた。

エー子は今まで赤ん坊連れの客を見たことがないわけではない。いや、A300クラスになれば何組かは必ずそういう客がいるものである。だが今直面している光景は、今までに体験したことのないものだった。

若い母親らしき女性が前を歩き、そのあとを追うように子供を抱いた父親が続く。これをワン・セットとして、同じような組が延々とあとから続いていくのである。特殊な状況に敏感に反応してか、抱かれた赤ん坊は殆ど身をよじらせて泣きわめいている。スチュワーデスの、「いらっしゃいませ、東京行きでございます」という声も全く聞こえないのだ。

「地獄だ……アカンボ地獄」
うつろな声でビー子が呟いた。

赤ん坊連れは、合計二十五組だった。いつもはまわりへの迷惑を考えて身を縮めている彼らも、集団となれば強い。飛行機が飛びたって禁煙サインが消えても、「こっちには赤ん坊がいるんですからね」と大きな声で抗議して、喫煙席でも彼らに近い場所では煙草を吸わせないようにするのだ。抗議されたほうは一瞬何かいい返そうとするが、赤ん坊を抱いた母親集団の眼光に圧倒されて、結局煙草をしまってしまうのだった。

さて、北島香織からベビー・ツアーを任せられたビー子も悪戦苦闘していた。おしぼりを配っているときから母親たちに、おむつを替える場所を訊かれたり、ちょっと赤ん坊を抱いてくれと頼まれたりしているのだ。そんなことをしているうちに、「おしぼりでございます」というべきところを、「おむつでございます」などといいながらおしぼりを配っていた。エー子が教えるまで気づかなかったくらいだ。

またA300には、最後部の化粧室内におむつ替え用の台が用意されているのだが、殆どひっきりなしに誰かが利用するので、ビー子はしょっちゅう走りまわらなければならないのだった。

泣きだす赤ん坊もひとりやふたりではない。というより、ひとりが泣くと誘発されて大合唱となるのだ。そのたびにビー子は面白い顔をしてまわることになる。不思議なもので、本人は完全にヤケクソでやっているのだが、結構赤ん坊のウケがよかったりするのだ。

「えーい、くそ」

哺乳瓶にミルクを作りながらビー子は吐き捨てた。「どうしてこんな目にあわなきゃならないのよ、もう」

「あと少しで東京に着くわ。それまでの辛抱よ」

「ピーピーギャーギャー泣きおって、うるさいったらありゃしない。あたし、結婚しても子供は作らないことに決めたわ」

「でもよく似合ってるわよ」

エー子が冷やかすと、「じょーだんじゃないわよ」といって、ビー子は哺乳瓶を振りまわした。

エー子が母親のひとりから聞いたところでは、今回のツアーでは奈良・京都方面をまわってきたらしい。バスを使ってのんびりと移動したらしく、短時間にいろいろな場所を見物するのではなく、一か所をゆっくり見るという方針だったそうだ。久しぶりに旅行らしい旅行ができたと、その若い母親は喜んでいた。

参加者の殆どは、夫婦プラス赤ん坊ひとりという組み合わせだった。また、母親だけという組もいくつかあった。同じくらいの子供のある、仲のいい友達同士で参加したのだろう。

そんなこんなで走りまわっているうちに、ようやく着陸の準備に入ることになった。全員を席につかせ、シートベルトを締めさせると、機内はだいぶん静かになった。興奮して泣いていた赤ん坊も、たいていは眠りこんでしまったようだ。エー子たちもアテンダント・シートに着席した。

ライトが暗くなり、着陸に備える。下降感、そして間もなく軽い衝撃。エンジン音が急速に落ちていくのがわかる。

エー子は腕時計を見た。午後七時三十七分に羽田に到着。ほぼ定刻どおりだ。

スチュワーデスはドアの前に並び、今度は乗客が出ていくのを見送る。エー子の横に来たビー子は、ぐったりとした顔をしていた。

「もーいや、こんなの」

「でもいい経験になったでしょ」

「勘弁してよ」

そういいながらも、赤ん坊集団が通過するときには、また例によってビー子は面白い顔を作ったりしてしまうのだった。

「お疲れさまでした。お気をつけて」

エー子は丁寧にお辞儀をしながら乗客を送り出した。赤ん坊を抱いた人が二十五人、間違いはない。

全員を送り出したあとは忘れ物のチェックとなる。七人のスチュワーデスが手分けして、棚の中、座席の上、シート・ポケット等を見ていくわけだ。

「あれー」

ビー子が突然頓狂な声を出した。エー子は彼女のほうを見た。

「どうしたの？」

「どうしたんですか？」

北島香織も近づいてきた。

「忘れ物です」

とビー子は答えた。

「じゃあ早くお届けしないと。何なの？」

「それが……」

彼女は口ごもり、そしてシートにかがみこんだ。

「何なの？　早くいいなさい」

と香織。だが次の瞬間には、彼女の口も途中で開いたままになっていた。

ビー子はそれを抱えて、丸い目でエー子と香織を見ていた。

「赤ちゃんの忘れ物なんです」

そのときの数秒間を、エー子は何と形容してよいかわからなかった。その場に居合わせたスチュワーデスは、ぼんやりと立ち尽くしたまま、バスタオルにくるまれた固まりを眺めていた。

「赤ちゃんです」

とビー子は繰り返した。「生きてます」

この言葉で北島香織は我に返ったようだ。

「当たり前でしょ。早くお客様のところに行きなさい。たぶんまだ手荷物を受け取っているところだと思うから」

「はい」

ビー子は赤ん坊を抱えて駆けだした。その背中に香織の声が飛んだ。「あまり急いで転んじゃだめよ。落としたりしたら大変なんだから」

そして香織はエー子にも行くように指示した。

「例のベビー・ツアーの連中だと思うわ。それにしても、肝心の赤ちゃんを忘れるなんてね」

エー子も微笑(ほほえ)んでからビー子のあとを追った。だが走りながらちょっと解せない気分だった。二十五組のツアーの連中は、全員赤ん坊を連れて出たはずなのだ。

ゲートを出たところでベビー・ツアーの一行は整列していた。エー子とビー子は急いでそこへ行って事情を説明した。一行の中から笑いが起こった。

「赤ん坊を忘れるわけないじゃない」

という声もあがった。ビー子にミルクを作らせていた母親だった。

「でももう一度確認を……」

そういってエー子は一行の赤ん坊を見てまわった。見ながら、いったい自分は何の確認をしているのだろうと思った。赤ん坊を忘れて、真っ先に気づくのは母親に決まっている。

そして全員、しっかりと赤ん坊を抱いていた。赤ん坊の数は二十五人、何も問題はない。

「ほかのお客さんの子供じゃないですか?」

添乗員の女性がいった。妥当な考えだった。だがエー子たちスチュワーデスは、乗務前にしっかりと確認している。インファント、つまり赤ん坊は二十五人なのだ。

シートの上のとんでもない忘れ物は、ビー子の胸に抱かれて気持ちよさそうに寝息をたてている。

ほんのりとミルクの匂いがした。

2

「うーむ」

遠藤客室課長は、腕組みをして自分の机の上を見た。そこには先刻の赤ん坊が寝かされている。五、六か月くらいだろうか、というのが皆の意見だった。

「こんなことは初めてだなあ」

「当たり前です」

金田博子主席が答えた。「たびたびあっては困ります」

「それはそうだが……見つけたのは？」

「あたしです」

ビー子が返事した。

「また君か」

と課長は顔をしかめた。「変なことは、みんな君がからんでるな」

「変とはなんですか」

ビー子は赤ん坊を抱きあげながら、例によって頬を膨らませた。「赤ちゃんには罪はありません」

「どういたしましょうか？」

金田主席が訊いた。訊くたびに遠藤課長は唸っているのだ。

「アナウンスはしたんだな？」

「しました」

遠藤は再び唸る。唸りながらビー子が抱いている赤ん坊を見る。彼の視線に憎々しげな色が混じっている、と端で見ているエー子は思った。

「こういう考え方はどうだ。この子は大阪から東京に来た乗客の忘れ物ではなくて、その前にあの飛行機を使った客が忘れていったのだという考えは？」

「それはありませんわ」

　とチーフ・スチュワーデスの北島香織がいった。「お客様をお迎えする前に、必ず客室をチェックします。こんな大きな忘れ物に気づかないはずがありません」

「じゃあなぜ赤ん坊が増えたんだ？」

　遠藤は口をとがらせた。

「それがわからないから困っているんじゃないですか」

　あまりにも奇妙な出来事に、課長も香織も気がたっているようすだった。そして当の本人は、無邪気にビー子と遊んでいる。

「ずいぶん、君になついているな」

　と遠藤はうんざりしたようにいった。

「まさか君が飛行機の中で産んだんじゃないだろうな」

「タチの悪い冗談はよしてください。いくらあたしでも無理です」

「わからんよ、君の場合」

「あのう……」

　それまで黙っていたエー子が口を開きかけると、一同の視線が彼女に集まった。若手の中でも成績抜群のエー子は、彼らからの注目度も高いのだ。

「捨て子……ではないでしょうか」

「捨て子?」

遠藤は一瞬目を丸くしたが、すぐに真顔に戻った。「なるほど、それは考えられるな。いくらなんでも、これだけ時間がたっても親が現われないというのはおかしい。となると、故意に飛行機の中に置きざりにしたとしか考えられないわけだ」

「そうすると」

金田主席があとを繋いだ。「親は鞄か何かに赤ん坊を入れて飛行機に乗り込み、着陸前に鞄から出して、そのまま放置したということですか?」

「そういうことになるな」

「それはないと思いますわ」

北島香織がはっきりといった。「長時間そんな中に入れられていたら、泣きだしてしまうはずです。それに、いくらなんでも赤ん坊を鞄に入れて運ぶなんて残酷なことは、ふつうの人間にできるはずがないじゃないですか」

彼女の意見は妥当性があった。遠藤も、「それもそうだな」と納得する。

「しかしまあ、捨て子というのはいいセンだと思うな。そうすると警察に届けるしかないわけだ」

「届けるのは賛成ですけど、空港警察の寒い宿直室に預けるのなんて反対ですからね。風邪でもひかせたら大変だわ」

こういったのはビー子だ。赤ん坊は彼女の胸で、眠りに入ろうとしている。

遠藤は下唇をつきだし、鬱陶しい顔をして彼女を見た。

「じゃあどこに預けるんだ？　遺失物係じゃ預かってくれんぞ」

「当たり前です。何を考えているんですか」

「迷子ともちょっと違うし……」

「違いますね」

「じゃあどこへ……」

遠藤が首を捻ったとき、ビー子は大きく胸を反らし、鼻の穴を膨らませた。

エー子とビー子のマンションは、空港から車で約三十分のところにある。八階建ての新築で、都心へも出やすい。２ＬＤＫの広さは、二人で共用しても充分余裕があった。

――赤ん坊の実際の数は二十六。だけど搭乗してきたときの数は、間違いなく二十五だった。とすると誰かが赤ん坊を隠して乗りこんだとしか考えられない。その手段としてはどういうものがあるか？

食事を終えたあとのダイニング・テーブルで、エー子はメモを片手に謎に挑戦していた。バス・ルームからは赤ん坊の激しい泣き声が聞こえてくる。その合間にビー子のあやす声が入る。

赤ん坊なんかいらないっていったくせにとエー子は苦笑した。

――さて……と。

赤ん坊を隠して搭乗する方法を、彼女はメモ用紙に列記した。それはだいたい次のようなものである。

1　鞄、紙袋等に赤ん坊を入れて搭乗する。

2　赤ん坊をスチュワーデスから見られないように、グループぐるみで隠して搭乗する。

3　赤ん坊に洋服を着せ、幼児程度に見せかけて搭乗する。

しかしエー子は、これではだめだと思った。北島香織がいったように、1の方法では心理的に無理があるし、途中で泣きだしたらアウトである。2の方法はいちばん簡単だが、いくら大人数人で隠そうとしても、見つかる可能性のほうがはるかに高い。スチュワーデスの注意深さというのは、なかなかのものなのだ。3の方法はエー子自身面白いアイデアだと思ってはいるが、やはり赤ん坊を幼児に見せかけることは難しいと思うし、スチュワーデスの記憶に残っていないというのもおかしい。

――やっぱり1の方法なんだろうか。薬か何かで眠らせて、袋か何かに入れて……。そして最近の若い親ならば、そんなことは平気でやれちゃうんだろうか？

親になってみないとわからないのかな、とエー子が珍しく弱気になったとき、ビー子が赤ん坊を抱いてバスから上がってきた。

「ふう。手を焼かせおって、このチビスケめ」

赤ん坊も真っ赤だが、ビー子も頬を上気させている。エー子は用意してあったバスタオルを手渡した。

「男の子だったのね」

裸になった赤ん坊の身体をビー子が拭いているのを見ながらエー子はいった。赤ん坊って大きいものなんだなと思う。そうなると、鞄や袋に入れて運ぶとなると、相当大きな荷物になるはずだ。そんな大きな手荷物を持っていた客は一人もいなかった。

「無理ね、やっぱり」

彼女は独り言のように呟いた。

その夜エー子は何かの音で目を覚ました。あまり夜中に起きるということはない。眠らなければならないときにぐっすり眠れることも、スチュワーデスの条件なのだ。

目覚まし時計は三時を少しまわったところを指していた。彼女の部屋とリビングとは襖で隔てられているのだが、その襖の隙間から光が漏れている。

エー子は布団から身を起こすと襖を数センチ開き、リビングのようすを窺った。ネグリジェの上にカーディガンを羽織ったビー子の後ろ姿が見えた。

彼女は赤ん坊を抱き、小声で何か歌いながらリビングを歩きまわっていた。何を歌っているのだろうと耳をそばだてると、それは『ミスター・ロンリー』だった。

テーブルの上には空になった哺乳瓶と紙おむつの箱が置いてある。

エー子はそっと襖を閉め、再び布団にもぐりこんだ。

3

翌日、新日航の客室乗務員室は大騒ぎだった。

まず空港警察から担当の婦人警官が来て、ビー子たちから事情聴取を始めた。婦人警官は金沢という四十前くらいの体格のいい女性で、歯切れのいい口調で要領よく質問をしてきた。

「たしかに捨て子の可能性は強いですね」

と婦人警官は頷いた。「どうやって赤ん坊を機内に連れこんだのかはわかりませんが、それに拘る必要もないでしょう。乗客のリストはありますか?」

「ございます」と遠藤が答えた。

「捨て子の場合は親が偽名を使っているおそれがありますが、一応全員を当たってみることになるでしょう。それでも手がかりが得られない場合は、マスコミを使うことになると思います。ただ、親も今頃は後悔しているかもしれませんので、あまり大騒ぎはしたくないのです」

わかります、と遠藤は承諾した。

このあと金沢は、赤ん坊を警察で預かってもいいのだがという提案をして遠藤を喜ばせたが、ビー子が猛烈に拒絶して、結局今日一日は彼女が面倒を見るということになった。彼女は今日は、休暇日なのだ。

ビー子が赤ん坊を拾ったという噂は、あっという間に会社中に広がり、手のあいたパイロットなどがヤジ馬根性丸だしで覗きにきた。噂にはいい加減なものもあって、ようすを見にきたパイロットの三人に一人は、赤ん坊をビー子の隠し子だと思っていた。

当然スチュワーデスは、パイロット以上にはしゃいでいた。フライトの合間をみては、抱いてみたり、お菓子を食べさせたりするのである。生きたマスコットというところだ。赤ん坊の名前はいつの間にか、ビースケになっていた。

そんなふうに時間は過ぎていったが、ビースケの親はいっこうに現われなかった。そして五時過ぎ、空港警察の金沢から電話があった。

電話を取った遠藤は、金田主席とエー子とビー子を呼んで事情を説明した。話によると乗客全員に連絡をとったらしい。その結果、偽名は一人もなく、該当者も見つからないということだった。

「それで新聞とテレビを使って、一般に呼びかけたいということだった。変わった事件なんで、マスコミも取り上げてくれるらしい」

「えーっ、テレビに映るんですか?」

ビー子は目を輝かせた。そして彼女は赤ん坊を高く持ちあげ、「やったね、ビースケ」といった。

その夜のニュースで、ビースケの泣き顔が全国に映しだされた。彼を抱くのは当然ビー子で、記者連中に取り囲まれ、いつになく真面目な顔つきでインタビューに答えている。

「うーん、やっぱり頬紅をもう少し濃くしたほうがよかったなあ」

自分が映っているシーンを見ながら、ビー子はしゃべっている。ニュースというニュースをすべて録画して、それを繰り返し眺めているのだ。そしてさすがに申しわけないと思うのか、「エー子も一緒に映ればよかったのに」と振り返っていう。そのたびにエー子は「いいわよ、あたしは関係ないんだもの」と答えているのだ。

じつはテレビ局の人間は、赤ん坊を抱く役目をエー子にしてもらえないかと頼んできたのだ。スチュワーデスが飛行機の中で捨て子を拾ったという設定が面白いのだから、スチュワーデスらしい女性のほうがいいというのが局側の言い分だった。

「それにテレビの画面は、実際より横に拡がって映るんですよ」

この一言で遠藤も納得してエー子を呼んだらしいのだが、結局彼女が断わってこの話は成立しなかった。こんなつまらないことで、ビー子と絶交状態になるのは真っ平だからだ。

「これで親が名乗り出ればいいんだけど」

いい加減満足したのか、ビー子はテレビを消した。

「親が名乗り出るかどうかは怪しいけど、親戚の人だとか近所の人が気づいて通報してくれるといいのにね」

「親じゃないなら、返さないからね」

ビー子は冗談めかしていったが、その目が本気っぽくてエー子は少しどきりとした。

次の日はエー子もビー子も休みだったので、二人は久しぶりに朝寝坊しようとしていたのだが、八時頃に電話が鳴りだして結局布団から引っ張りだされることになった。朝の電話はエー子の係と決まっている。目を覚ましたばかりのビー子は声が満足に出ないうえに、やたら無愛想で相手を怒らせるおそれがあるのだ。

エー子も頭が半分眠ったような状態で受話器を取ったが、空港警察からとわかると途端に目が覚めた。

「はい……はい……わかりました」

彼女は受話器を置くと同時にビー子の部屋に向かっていった。

「ビー子、母親が名乗り出たらしいわ」

4

母親との対面は、新日航の応接室で行なわれた。遠藤課長、金田主席、そしてエー子とビー子が待ちうける中、空港警察の金沢警部補に連れられて若い女が現われた。

その女は痩せて顔色も悪かったが、服装や持ち物などから決して生活水準は低くないようにエー子には見えた。それにおそらく痩せているのも顔色が悪いのも、この二、三日のことだろうと彼女は想像した。

女は顔を上げるなり、その視線をビー子のほうに向けた。正確にはビー子が抱いている赤ん坊を見たのであろう。彼女が二、三歩近寄ると、ビー子はすっと立ち上がり、赤ん坊を見せるように腕を動かした。

女はさらに歩みより、赤ん坊に手を伸ばした。その表情は固く、口も閉ざされたままだ。ビー子は腕を伸ばしてゆっくりと相手に預けた。彼女の手から赤ん坊の身体が離れるとき、彼女がふっと目を伏せるのをエー子は見た。

誰もが声を出せずにいた。緊張した空気で、部屋がいっぱいになっていく。

そのとき、赤ん坊がククッと声を出した。笑ったのだ。全員がはっとしたように顔を上げた。その瞬間赤ん坊を抱えていた女は膝を折ってくずれ、喉の奥をしぼるような声で泣きだした。

女は山下久子と名乗った。夫は商社マンで、現在ドイツのほうに出張中だということだった。神戸のマンションに住んでいるらしい。

「全く、わけがわかりません」

赤ん坊が飛行機の中に置きざりにされていたことについて、久子はこういった。

「お子さんは、いつからいなくなったのですか?」

エー子が訊いた。

「二日前です。天気がよかったので佑介を連れて、車で京都へ遊びにいったのですが、ちょっと御手洗いにいっている間にいなくなってしまったのです」

佑介というのが赤ん坊の名前だった。

「場所はどこですか？」

金沢警部補が尋ねた。

「円山公園です。八坂神社の隣りの……二時頃だったと思います」

京都か、エー子は記憶を探っていた。たしかベビー・ツアーの一行も京都と奈良をまわってきたといっていた。とすると、彼らと久子が円山公園で一緒になった可能性は高い。

「誘拐でしょうか？」

金田主席が金沢警部補に訊いた。警部補は小さく頷いて、「その可能性もあるかもしれません。もしそうなら、犯人が途中で計画を中止したということですね」と答えた。そしてさらに、そのときの赤ん坊の服装を久子に訊いた。

「茶色のクマのベビー・ウェアです」

と久子は答えた。「頭の先から足の先まで、すっぽりかぶれるようになっていて、頭にはクマの耳がついているんです」

どこかで見たことがある、とエー子は思った。

「まあいずれにしても、お母さんが見つかってよかった。あとは警察に任せるとしましょう」

遠藤がほっとしたようにいうと、久子は佑介を抱いたまま深々と頭を下げた。

「このたびは本当にありがとうございました。この御礼はいずれあらためてさせていただきます」

そして新日航側も頭を下げようとしたとき、ビー子が沈んだ声でいった。

「御礼なんていらないわ」

久子は、はっとしたように顔を上げた。ビー子は続けた。

「今度いい加減なことしたら、ひっぱたいてやるんだから」

久子はビー子の顔をじっと見つめていた。そしてひとしずく涙をこぼすと、またゆっくりと頭を下げた。

「やっぱりベビー・ツアーの連中が絡んでいるんだと思うわ」

皆と別れてから、エー子とビー子は空港内の喫茶店に入って作戦会議をしていた。

「あたしもそう思う。京都っていってたもんね」

ビー子はチョコレート・パフェをものすごい勢いで口に運びながら頷いた。面白くないこと、腹のたつことがあったときには、彼女はヤケ食いをするのだ。

「問題は赤ん坊を連れた人間が、なぜ赤ん坊をさらう必要があったかということなんだけど」

「きっと、あんまりかわいいから欲しくなったのよ」

　とビー子はまだ興奮状態から覚めていないらしい。エー子は苦笑した。

「ひとつ間違えれば大犯罪になるんだから、何かよほどの動機があったのだと思うわ。でもベビー・ツアーの参加者が誘拐をするというのは、どう考えてもおかしいわね」

「あたしは衝動的なものだと思うな」

　二人はどちらもお互いの意見に承服しかねていた。論理性を重視するエー子と、感覚で判断するビー子の違いが出ていた。

「雨が降ってきたわね」

　窓から外を見ながらエー子がいった。滑走路が徐々に黒くなっていく。「とりあえず帰ろうか」

「そうね、ちょっと疲れちゃったし」

　二人は立ち上がった。

　レジで支払いを済ませて店を出ようとしたとき、エー子は無意識にそばにあった傘立てに手を伸ばしていた。そこに見覚えのある傘を見つけたからだ。だが途中で、自分が傘など持ってきていないことを思いだして、彼女はその手を慌ててひっこめた。

「どうしたの？」

　とビー子が訊いた。

「ううん、なんでもないの。ちょっと錯覚しただけ」

そういって笑ってからエー子は、はっとした。もしかしたら意外ないきさつで、赤ん坊がさらわれる結果になったのではないか?

「ビー子、もう一軒行こう」

エー子は彼女の手を引っ張って、すぐ隣りの喫茶店に入った。

「なんなのよ、急に」

テーブルについてから、不審な顔でビー子は訊いた。

エー子はまずグラスの水を一口飲んでから話しだした。

「犯人が赤ん坊をさらったと考えるから、その動機が不可解なのよ。さらう気はなかったのだけど、たまたまそういう結果になったという可能性もあるわ」

「難しいことといわないでよ」

ビー子は両手でこめかみを押えた。

「ようするに、どういうことなの?」

「さっきあたしは傘立てから傘を取ろうとしたでしょ。あたしが持っているのと同じものが差してあったからなの。自分は持ってきてないくせに、それを忘れて錯覚しちゃったのね。それと同じことが起こったんじゃないかしら。つまり山下久子さんがトイレに行っている間に、誰かが自分の子供と間違えて連れていっちゃったというわけ」

「まさかあ、途中で気がつくわよ」

ビー子は丸い目を、さらに大きくした。

「ふつうならね。だけど気がつかないような条件が揃っていたのかもしれない。たとえば服が同じだったとか」

「でも、いつかは気づくでしょ。気がついたら、また元の場所に戻しておけばいいじゃない」

「それができなかったんじゃないかしら。間違えたまま移動しちゃったりしたら、あとはもう警察に任せるか、適当に捨てていくしかないわけよ」

「ひどい話じゃない」

「ひどい話よ。で、犯人は飛行機の中に捨てていくことにしちゃった」

うーん、とビー子は唸った。頬が赤く染まっていく。

「許せないな」

「同感ね。それで提案だけど、これからベビー・ツアーの旅行社に行ってみない？　あのときの添乗員に会って、京都を出たときに赤ん坊を二人連れていた夫婦がいなかったかどうかたしかめるのよ」

「もちろんオーケーよ。こうなったら、とことんやってやるんだから」

ビー子はテーブルをどんと叩いた。

空港内に旅行社の支店があったのでそこから連絡してもらい、ツアーの添乗員とは夕方には会えた。坂本則子という女性で、赤ん坊の騒動についても記憶していた。

エー子はまず呼びだしたことについて謝り、そのあとまず、京都の円山公園に行ったかどうかをたしかめた。行きました、と則子は答えた。

「何時ぐらいですか?」

「二時頃だったはずです」

山下久子がいっていた時刻と一致する。エー子はビー子と目を合わせた。

「そのあとは、どこへ行ったのですか?」

「バスで大阪空港に向かいました。四条付近は、ツアーの最終場所だったのです」

もし間違って赤ん坊をバスの中に連れて入った場合、途中で気づいたとしても、そのまま大阪空港までは行ってしまうということだ。

「円山公園では自由行動だったのですか?」

「そうです」と則子は頷いた。

「たとえばですね」

エー子は唇を濡らし、軽い緊張を覚えながら尋ねた。「参加者の誰かが、もし間違って他人の赤ん坊をバスに連れて入った場合、それはすぐにわかりますか?」

我ながら奇妙な質問だとエー子は思った。坂本則子は表情を止めたまま彼女の顔を見つめ、それから、「なんですか?」と聞きなおした。

「つまり、よその赤ちゃんが紛れこんだ場合、それはすぐにわかりますか？」

エー子はいいかえた。それでようやく則子も理解したようだ。

「もし御夫婦が故意に他人の子を紛れこませようとしたならば、わからないかもしれませんね。でも間違って他人の子を連れてくるなんてことはありえないでしょう」

「たとえば、こういうケースはどうですか？　父親のほうが赤ん坊を連れていて、母親のほうは彼らと別行動をとっていたとします。その母親がトイレに行って、出てきたところ、自分の子供とよく似た赤ん坊が寝かせてあった。母親は自分の子供と錯覚して、バスまで連れていってしまう」

則子と会う前に、エー子が組み立てていた推理だった。

「ありえないことではありませんが、その場合だと旦那さんと会った時点で気づくはずですよね。赤ん坊が二人になってしまうんですから」

「旦那さんとはバスの席も近いのですか？」

もし離れているのなら、二人とも赤ん坊を抱いているにもかかわらず、しばらく気づかないということも考えられる。

だが則子の答えは明快だった。

「はい、隣り同士になっています」

「そうですか……」

そうだろうな、とエー子は納得した。夫婦を離しておく必要がない。彼女が次の可能性を考えようとしたとき、則子が、

「ただ」と口を開いた。

「ただ?」とエー子は彼女の口元を注視する。

「こういう可能性はありますね。じつは、観光バスの後ろの座席が結構空いていたので、赤ちゃんのベッド代わりに使っていた方も多いのです。だから円山公園に行ったときも、赤ちゃんをそのままにして、バスを出られた御夫婦もいます。その御夫婦のどちらかが、さきほどおっしゃったような錯覚をして他人の赤ちゃんを連れてきた場合、もしかしたら少しの間は気づかないかもしれません」

「そのケースだわ、きっと」

とビー子がいった。

「でも」

と則子は冷静な顔つきでビー子を見た。「理屈ではありえても、実際には考えられないと思います。いくらなんでも自分の子と違えば、すぐに気がつくと思います」

するとビー子も頷き、腕を組んだ。

「たしかに大ボケよね」

「大ボケでも何でも、とにかく可能性はあるわけですね?」

エー子が確認すると則子は眉を寄せながら、「可能性だけは」といった。

「例の写真は持ってきていただけましたか?」

「持ってきました」

則子はバッグから一枚の写真を取り出した。それはベビー・ツアー一行の記念写真だった。参加者全員が写っている。

エー子はそれをしばらく見て、ビー子に渡した。彼女は一瞥(いちべつ)して、「あっ」と声を漏らした。

「茶色のクマのベビー・ウェアだわ」

エー子も顎をひいた。前列右から二番目に、そういうベビー・ウェアを着た赤ん坊が写っているのだ。抱いているのは、ショートカットの二十代前半といった感じの女性である。その横に立っている、銀行マンふうの男が夫であろう。

「この御夫婦のことは覚えておられますか?」

エー子は則子に指し示して訊いた。則子は少し考えたのち、「ええ、覚えています」と答えた。

「何か印象に残るようなことはなかったですか?」

「さあ、印象といいましても……」

則子はちょっと考えたあと、その目をエー子たちに向けた。

「そういえば円山公園でこんなことがありました。バスを降りると殆どの方がトイレに駆けこまれたのですけど、その前のベンチに赤ちゃんが寝かしてあったのです。それであたしが抱いて辺りを見まわしていたら、この写真の奥さんがトイレから出てみえて、『どうも、すみません』とおっしゃいました。あたしが、『よく眠っているようだから、バスに連れていきましょうか?』と尋ねると、『お願いします』といわれて、それであたしが赤ちゃんをバスまで連れていきました」

「それだ」とビー子は叫んだ。「それがビースケだったんだ」

エー子も大きく頷くと、則子はさすがに不安そうに眉を下げた。

「あの……あたしが何かまずいことをしちゃったんですか?」

だがビー子が顔の前で掌(てのひら)をふった。

「いいの、いいの。あなたのせいじゃないのよ」

「この夫婦について、ほかに何か覚えていることはないですか? 京都から大阪空港までの間に、何かあったと思うんですけど」

エー子が訊くと、則子は首を傾(かし)げていたが、やがて何か思いだしたように宙を睨(にら)んだ。

「そうだわ。たしかここの御主人は、空港から大阪のほうに向かわれたんでしたわ」

「大阪のほうに?」

「ええ。だから飛行機には奥さんと赤ちゃんだけが乗ったはずです」

「奥さんと赤ちゃんだけ……」

今度はエー子が宙を睨んでいた。

「大阪に行ったなんて嘘ね」

タイムテーブル（時刻表）を見ながらエー子はいった。「たぶん自分たちの本当の子供を連れて、ひと足先に東京に戻ったのよ。全日空に十八時大阪発の便があるわ。たぶんこれね」

「で、女房のほうがビースケを連れて、あたしたちの便に乗ったわけか」

焼酎のお湯割りをがぶがぶ飲みながら、ビー子がいった。

「ビースケだけじゃないわね。同じぐらいの大きさの人形、たぶん空気で膨らませるタイプのおもちゃも用意していたはずだわ。その程度のものなら、空港内の店で手に入りそうだし」

「そして着陸前に、ビースケの服を人形に着せる。着陸して皆が降り始めた頃、ビースケをほかのシートに置いて、自分は人形を抱いて飛行機から出る」

「手荷物受取所には、先に到着していた亭主が待っているというわけ。そこで人形と、自分たちの本物の赤ん坊を取りかえる」

「あたしたちが慌てて行ったとき、もう取りかえたあとだったわけね。だから赤ん坊は二十五人きっちり揃っていたんだ」

「完璧ね」

「あきれるくらい」

「どうする?」

「決まってるじゃない」

ビー子は焼酎をぐいと飲みほした。

「許さないわよ」

5

毎週水曜日になると、及川早苗は近所のテニス・スクールに行く。結婚して二年、そろそろ運動不足が気になりだしたので、一か月前から通いだしているのだ。

スクールへは車で行く。赤ん坊を預かってくれる施設もあるので、早苗にとってはありがたかった。

――どうやら世間は何も気がついていないみたいだし、ひと安心ね。

信号待ちのとき、助手席に寝かせた息子の勉を見て早苗は口元を緩(ゆる)めた。正直いってこの一週間ぐらいは落ち着かなかったのだ。

例の赤ん坊の母親がわかったという記事を読んで、ああよかったなと思ったのだが、次に考えたのは、これで自分たちのこともバレるのではないかということだった。そんなことになれば、夫の出世にもかかわってくる。

だがどうやらその心配はないようだった。世間も徐々に小さな事件のことなど忘れつつある。

それにしても拙いことをしたものだと、早苗は今さらながら思うのだった。円山公園に着いたとき、最初、勉はバスの中に残して夫婦だけで見物に行くつもりだった。ところが勉が泣きだしたので、夫の和雄が抱いて出たのだ。

そしてまずトイレに行った。

早苗がトイレに入っている間、和雄が勉を抱いてくれているはずだった。ところが彼女が出たところ、添乗員の坂本則子が勉と同じ服を着た赤ん坊を抱いているではないか。

彼女は夫が添乗員に赤ん坊を押しつけたのだと解釈した。添乗員はバスに連れていこうかと尋ねてくる。早苗は彼女の申し出を受けることにした。そしてそのあとは夫のことなど構わず、八坂神社などを自分ひとりで見物してまわったのだった。

和雄と会ったのは、それからしばらくしてからだった。彼は勉を抱いていた。

だが早苗は、彼が何か事情でバスに戻ったとき、ついでに連れてきたのだろうと思い、別に何も訊かなかった。彼も何もいわなかった。

間違いに気づいたのは、バスが動きだし、眠った勉を寝かせようとしたときだった。何と、そこに別の赤ん坊が眠っているではないか。その服が勉と同じだということから、早苗はあのときに自分が間違ったのだということを知った。そして和雄に相談した。

警察に届けるしかない、と彼はいった。そして素直に謝るのだと。だが彼女はいやだった。どんな理由があるにせよ、自分の子供と間違えて他人の子を連れてきたということが世間にバレれば、物笑いのタネにされてしまう。

そこで考えたのが飛行機の中に置いていくという方法だった。かなり大胆ではあるが、空港の中には赤ん坊を置きざりにできるような場所が案外ないのだ。

和雄が勉を連れて先に東京に帰る。早苗は機内で赤ん坊と人形を入れ替えて、そしらぬ顔で飛行機を降りる。そして手荷物受取所で待っていた和雄から勉を受け取り、人形を渡す——すべては順調にいった。後から追いかけてきたスチュワーデスも、自分たちのことなど疑いもしなかったようだ。

とにかくこれからは気をつけよう——早苗は再度自分にいい聞かせた。

駐車場に着くとスポーツ・バッグを肩にかけ、勉を抱いて歩きだした。駐車場からハウスまで少し距離があるのが、このスクールの欠点だった。

車から少し歩いたところで、前のほうから若い女が近寄ってきた。丸い眼鏡をかけた、少し太目の女だった。

「託児所の者ですが、赤ちゃんをお抱きしましょうか?」

女はいった。早苗は見たことのない女だったが、勉を抱いてもらえれば助かると喜んだ。たぶん新しいサービスなのだろう。

「かわいい赤ちゃんですね」

女はそういって勉を抱くと、テニス・スクールとは逆の方向に歩きだした。早苗はしばらく目線で追っていたが、女が隣りのビルに入っていくのを見て急に不安になってきた。

「ちょっと、どこへ連れていくんですか？」

早苗は慌てて女を追ってビルに入った。女が階段を上がっていくのが見えた。早苗もあとを追う。

ビルは六階建てだった。その階段を、女は勉を抱いたままどんどん上っていく。すごい速さだ。早苗は息をきらしながら足を動かした。なぜこんな目にあわなければならないのか、わけがわからなかった。

そして女はついに屋上に出た。早苗も少し遅れて出ていく。屋上のいちばん端に、女は赤ん坊を抱いたまま立っていた。

「あなた……誰なの？」

女は答えなかった。そして早苗のほうにくるりと背中を向けると、腕に抱いていた赤ん坊を、ふわりと柵の外に投げた。

「あーっ」

獣のような声で早苗は叫び、柵にしがみついた。女が投げたものは下の駐車場に達して、バラバラに壊れた。キューピーの首も飛んでいた。

「あっ、人形……」

早苗がそう呟いたとき、横にいた女がぐいと彼女の肩を摑んで向きなおらせた。

そして次には、女の平手が彼女の頰に飛んでいた。鈍い音が屋上に響いた。

そのとき早苗の背後で赤ん坊の声が聞こえた。彼女が振り返ると、背の高い女が勉を抱いて立っていた。

早苗はよろけるように駆け寄ると、女の手から勉を奪い返した。そしてその場に崩れ、声を出して泣いた。

ビー子は眼鏡を取ると、女の横で立ちつくしたままのエー子に歩みよった。

「行こうよ」

エー子は頷き、歩きだした。そして屋上から降りるとき、彼女はいった。

「もう二度と嫌よ、こんなことは」

「わかってる」

ビー子はベソをかいたような声で答えた。

お見合いシートのシンデレラ

1

二月二十七日、金曜日。鹿児島十七時五十五分発、東京十九時二十五分着予定のA300客室内——。

離陸の時刻が迫っていた。ビー子こと藤真美子をはじめスチュワーデスたちは、離陸前の最終確認を行なっていた。乗客は百四十五人。定員の約半分だ。

安全を確認すると、スチュワーデスたちも着席して当然シートベルトを締める。彼女たちの席はアテンダント・シートといって、非常口付近にあるのだ。

ところで乗客の席は進行方向を向いているが、このアテンダント・シートは逆を向いている。したがって、このすぐ後ろの乗客はスチュワーデスと向かい合って座ることになるのだ。このことからA300では九のA・B・G・H、二十九のA・B・G・Hの席が「お見合いシート」と呼ばれている。

スチュワーデスの中には、この「お見合いシート」で理想の男性とめぐりあい、そのままゴールインした者もいるという話だった。

だがビー子はこの噂をあまり信じていない。もう何度となくこの席に腰を下ろしているが、一度もそういう男性が座っていたためしがないのだ。たいていは腹の突き出た中年男か、おしゃべり好きのおばさんだ。中年男は助平そうな目をして、ただじろじろこちらを見るだけだし、おばさんの話し相手を始めたら、ちょっとやそっとでは解放してくれない。

この日もビー子は大して期待せずに、このアテンダント・シートに着席した。そして客室全体に目を配る。だいたいこの席は、乗客の状態を注意し緊急事態に備えるキャビン・ウォッチのための場所なのだ。

機体は定刻どおりに停留スポットを発進した。加速感が急激に増し、ベルトに圧力を受けると思う間もなく、ふわりと機体は浮かび上がり、窓の景色が傾いた。

二、三分して禁煙サインが消える。ビー子の向かいでも煙草を取り出す気配がして、それで彼女は初めて今日の「見合い」の相手に目を向けた。

どきり、とした。

相手の男のほうも彼女を見つめていたのだ。それもちらちらと見るのではなく、真正面から凝視してくる。まるで何かに見とれているようなようすだった。

ビー子は思わず目をそらした。しかし嫌がったわけではない。

——いい男。今日は当たりだわ。

と彼女は思った。珍しく、彼はビー子好みの男性だったのだ。

年齢は三十前後だろうか、濃緑色のスーツをぴっちりと着こなしている。浅黒く、彫りの深い顔だちで身長は一メートル八十近くありそうだ。ネクタイも安物ではない、とビー子は判断した。

男が声を出した。ビー子は急いで顔を向ける。

「あの……」

「吸っていいですか?」

と彼は煙草を一本出して尋ねてきた。煙の迷惑のことを考えているらしい。

「ええ、どうぞ」

とビー子は微笑(ほほえ)みかける。そうしながら、声にもはりがあって素敵、と合格点を付けていた。

「スチュワーデスさんは大変ですね」

遠慮がちに煙を吐いてから彼はいった。「どんな客の世話もしなくちゃいけないし、笑顔は絶やしちゃいけないし、大変な肉体労働だと思いますよ」

「ええ、でも楽しいことも多いですから」

よそゆきの顔でビー子は答えた。

「訓練も相当厳しいんだそうですね。何かのテレビで見たことがありますよ」

「それほどのことはないんです。ふつうの人でも、ちょっとがんばればすぐにできることばかりです」

ビー子は、訓練時代の教官が聞いたら目を丸くしそうなことをいってのけた。はっきりいって彼女は、同期生の中ではビリでかろうじて検定試験に受かったくちなのだ。

「美人揃いだし、スチュワーデスさんを奥さんに貰えば、男としては最高でしょうね」

「あら、そんな」

めったにいわれたことのない台詞(せりふ)を聞いて、ビー子は目を細め頬を緩(ゆる)めた。だいたいこういう言葉を受けるのは、親友のエー子こと早瀬英子の役まわりと決まっていた。エー子は秀才で、しかも太目のビー子と違って細面の美人だ。

シートベルト着用のサインが消えるまで、男はいろいろなことを話しかけてきた。ビー子も楽しく受け答えした。あまり夢中でしゃべっていたので、チーフ・スチュワーデスの北島香織から嫌味をいわれたほどだった。

着陸前に再びアテンダント・シートに座る。目が合うと男は笑いかけてきた。ビー子も少し顔を赤らめて微笑み返した。

「またどこかで会えるといいですね」

男がいった。

「ええ」

と顔を上げながら答えて、ビー子はどぎまぎした。男の目が予想以上に真剣味を帯びていたからだった。

「本当に」

男は目をそらさず、機体が滑走路に着地したあとも、まだじっとビー子の顔を真正面から見つめていた。

マンションに帰ると、ビー子はコートを脱ぎ捨てながらお見合いシートでの模様を早口でしゃべった。聞き役は当然エー子だ。

「すごいじゃない」

手焼きのクッキーを口に運びながらエー子はいった。「珍しいことよ、あの席に年頃の男性が座るなんて」

「年頃ってだけじゃないのよ。すごくハンサムでね、優しそうなの」

「ますます珍しいじゃない」

「背だって高いのよ」

「声もいいんでしょ?」

「スーツも似合ってるの」

「よかったわね。で、いつ会うの?」

エー子は訊いた。ビー子はきょとんとする。

「いつって?」

「だからデートの日よ。また会いたいっていわれたんでしょう?」

「ああ……」

とビー子はさえない表情を作った。

「会えるといいですねっていわれただけなの。だから約束してないのよ」

「なんだ、そういうことなの。だけど珍しいわね。そういう場合なら、いつもビー子は積極的に自分を売りこむのに」

「そうなのよね」

いいながらビー子は首を傾げた。「おかしいのよね。それとなく相手に連絡先を伝えるのがあたしの得意ワザなんだけど、今日はそういう気になれなかったのよね。どうしてかな?」

「あまりにも素敵な人だったんで、緊張したんじゃないの?」

そういってエー子は面白そうに笑った。

2

このあとビー子は何度か鹿児島発東京行きの同じ便に乗務したが、例の男性は乗ってはこなかった。仕事であの便を使ったのだとしたら、もう一度乗ってくる可能性もあると思ったのだが、どうやら頻繁に行き来しているのではないらしい。

——職業ぐらい訊いておけばよかったな。

ビー子は後悔した。しかし職業がわかったところで、何がどうなるわけでもなかった。

「チャンスってのは、こうして逃がしていくものなのね」

鹿児島からの便に乗った日は、マンションに帰ってからもエー子相手にこんなふうにグチることが多かった。だが元々気持ちの切り替えは早いほうだ。二週間もたった頃には、すっかり忘れてしまって、「あーあ、どっかに大金持ちの二枚目っていないかなあ」などといって、エー子をあきれさせていた。

その彼女に例の男性から電話がかかってきたのは、出会ってから二十日が過ぎてからだった。マンションに直接かかってきたのだ。

受話器を取ったのはエー子で、電話の主のことをビー子にいうと、彼女はバス・ルームからタオル一枚で飛びだしてきた。

男は突然の電話を詫びたあとで、自分のことを覚えているかと訊いた。「もちろんですわ」とビー子は思いきり女らしい声で答える。紅茶を飲んでいたエー子が横でむせていた。

彼は、中山と名乗った。

「じつは是非もう一度お会いしたいのですが、いかがでしょうか?」

歯切れよく尋ねてくる。お見合いシートで会ったときと同じだ。

「ええ、はい……結構です」

答えながらビー子は受話器を握りしめた。心の中でバンザイを叫ぶ。

デートの約束を済ませると受話器を置き、ビー子はガッツ・ポーズを作った。

「やったわ、デートするのよ」

「すごいじゃない。ちょっと妬けるけど」

「車で迎えに来てくれるって。さあて何を着ていこうかな」

「仕事は何をしてる人なの？」

エー子が訊くと、浮かれていたビー子の表情が止まった。

「しまった、訊くのを忘れちゃったわ。でも車で迎えに来るぐらいだから、それほどビンボーでもないわね。服も上等そうだったし、エリート・サラリーマンってところじゃないの」

ビー子は勝手に決めていた。

そしていよいよそのデートの日がやってきた。

約束の時刻に、約束の場所に姿を見せたのは、ベンツの最高級車だった。おまけに運転手つきである。ビー子はこれだけで、すっかり身体を固くしてしまった。

「突然お誘いして申しわけなかったですね」

ビー子を車に導きながら中山はいった。ほのかに男性用コロンの香りがする。匂いの趣味もいい、と彼女は感心した。

「まずは食事に行きましょう。フランス料理でいいですか？」

彼女が頷く（うなずく）のを確認すると、彼は運転手に行き先を告げた。「はい」という運転手の返答も歯切れがよかった。

「あのう、中山さんは何をしてらっしゃるのですか？」

しばらく走ってからビー子は訊いてみた。中山は笑いながら、

「僕自身は外国製品のブローカーのようなことをやっています。しかし大した収入にはなっていないんですよ」

といった。

「僕自身は……って?」

「僕の仕事としては、という意味です。実際には親が残してくれた遺産があって、それで財テクの真似事をしているものですから、そちらで入ってくる額のほうが多いんですよ」

「そうなんですか」

頷きながらビー子は内心ほくそえむ。親の遺産、ということは、今は親がいないということだ。結婚しても舅や姑にいじめられる心配はない。

——しかも金持ち。

理想的だわ、と彼女は思った。

信号待ちのとき、中山は「田村君」と呼びかけた。それが運転手の名前らしい。

「はい」と彼は返事した。

「いったとおりの女性だろう?」

「そうでございますね」

運転手はルーム・ミラーを通してビー子のほうに目を向けてきた。その視線を受けて、ビー子は何となくゾクッとしたものを背中に感じた。理由はわからない。

「これほどの女性がいたとは驚きだろう？」

「驚きですね」

「まさしく探し求めていた人だと思うだろう？　これほど理想的な人は、もう決して見つからない」

「おっしゃるとおりです」

　運転手は何度も深く頷いた。

　ビー子は喜びと戸惑いの入り混じった気分で、この二人の会話を聞いていた。褒めてくれているのはわかるのだが、何となく言い方が気になるのだ。だいたい初めてのデートに誘った女性に対し、こういう会話を聞かせるものだろうか？　お世辞にしても、ちょっとやりすぎという気がする。

　だが中山と運転手の会話はここまでだった。信号が青に変わったのだ。

　ビー子が連れていかれたのは、住宅地の中にぽつんと建っている一軒家のフランス料理店だった。彼女はこの店を何かの雑誌で見たことがある。最低でも一週間ぐらい前から予約しておかなければならないという記事が、そこには書いてあった。

「よく利用するんですよ。密談には最適です」

　こういって中山はウインクした。

　料理を注文したあと、店の支配人らしき男が挨拶にやってきた。頭部の薄い、痩せた男だった。彼はビー子に対しても、誠実さのこもった視線を投げかけていった。

「これは自慢のつもりでいうのではないんですが」

支配人が去ってから中山が口を開いた。ビー子は相変わらず身を固くして、彼の顔を見返した。

「僕の資産は、おそらく二十億ぐらいあると思います」

ビー子は黙って頷いた。声を出せなかったのだ。

「両親はいません。母親は僕が中学生のときに事故で、父親は昨年病気で死にました」

ビー子はここでも黙っている。今度は返すべき言葉が思いつかなかったのだ。

「でも親戚は多いんですよ。おじ、おば、いとこ、一通りいます」

「にぎやかなんですね」

ようやく声が出た。しかしつまらない受け答えをしたと悔やむ。

中山は楽しそうに笑った。

「にぎやかなだけならいいんですがね、金銭がからむと嫌なものです。特に金額が大きくなるとね」

「何か問題があるんですか」

「まあいろいろとね」

ウエイターがワインを持って現われた。慣れた手つきでグラスに注ぐ。

「まずは乾杯ですね」

中山はグラスを持ち上げた。少し震える手で、ビー子もそれに応じた。

ビー子たちが食事をしている間も、運転手の田村はじっと車の中で待っていたようだった。二人が出ていくと、さっと車から降りて、ビー子のためにドアを開いてくれた。

田村は大柄なほうではない。男としては背が低いといえるだろう。やや太目で、顔は丸く色白だ。地味な金縁の眼鏡をかけているが、年齢はまだ二十代前半のようだった。あまり運転手タイプではないような気が、ビー子にはした。

「例のバーへ行こう」

中山は運転手にいった。かすかに頷いて田村は車を発車させた。

「静かな店です」

と中山はビー子にいった。「会員制でフリーの客は入ってきません。ゆっくりと話ができます」

「はあ……」

曖昧に返事して、ビー子は中山の横顔を窺った。「ゆっくりと話」という部分に、妙な響きを感じたからだった。彼は食事のときにも変なことをいった。「この店は密談に最適だ」という意味のことを。

もちろん食事をしながらのおしゃべりは、彼女にとっても充分に楽しいものではあった。中山は話題が豊富であるし、どんなことも非常によく知っていた。航空機のことなど、ビー子よりもはるかに詳しかったぐらいだ。

ただビー子はこの中山に、どうも今ひとつ心を開けないものを感じていた。まるでガラス越しに話をしているような気がするときがあるのだ。そんなふうに考えだすと、彼がかけてくる優しい言葉も、どうもそらぞらしく聞こえてしまうのだった。

バーはとてもわかりにくい場所にあった。倉庫の非常口みたいなドアがついているだけで、何の看板も上がっていない。なるほどこれならフリーの客は入らないだろうとビー子は納得した。

店の中には座席が四十席くらいあった。ジャズの生演奏が入っている。ここでも中山は、店に入るなり支配人らしき男に声をかけられた。

「僕のことはだいたいわかっていただけたと思います」

隅のテーブルに就いてから彼はいった。ビー子は黙って頷いた。

「そこでお願いがあるのです」

「お願い?」

「……という言い方はよくないかな。頼み、といったほうがいいかもしれない。とにかくあなたにしかできないことです」

「はい……」

ビー子は上目遣いに中山を見た。無意識のうちにスカートの裾を握りしめている。

「じつは、僕と結婚してほしいのです」

「……」

「驚いたようですね。でもわかってください。この世の女性の中で、あなたほど僕の花嫁にふさわしい人はいないのです」

「プロポーズされたって?」

お茶をいれていたエー子は、思わず急須を落としそうになった。

「そうよ。結婚してほしいっていわれたの」

ビー子は鼻歌をうたいながら着替えている。

「だって今日会ったばかりでしょう? ちょっと早すぎるんじゃない?」

「会った回数なんて問題じゃないわ。肝心なのはフィーリングよ」

「フィーリングねえ……」

「彼ね、この世で君ほど理想的な女性はいないっていうのよ。こんなことといわれて喜ばない女の子はいないわよ」

「あ、そう」

エー子は冴えない顔つきのまま、ビー子の前にお茶を置いた。「それで、ビー子は何て返事したの?」

するとビー子は平然と、「もちろんオーケーしちゃったわよ。決まってるじゃないの」といった。

「結婚しちゃうのォ?」とエー子。声がひっくり返っている。

「だって資産がウン十億なんだもの。こんないい話、たぶん一生ないと思うわ」

「ちょ、ちょっと待ってよ。あなた、あたしとの約束はどうしたの? 訓練生時代に、スチュワーデスをやめるときは一緒って誓い合ったじゃないの」

「ああ、あれね」

とビー子は鼻で笑う。

「あれねってずいぶん軽くいうじゃない。あの誓いは嘘だったの?」

「嘘じゃなかったけど、こんなことになるとは思わなかったんだもん。富豪夫人になれるんなら、スチュワーデスなんかいつでもやめちゃう」

「あきれた……だけどそんなに簡単に決めちゃっていいの? 一生の問題なのよ」

「そんなに大げさにいわないでよ。億万長者になったら御馳走してあげるからね」

「結婚はお金じゃないと思うのよ」

「固いわねえ。そんなに固いことばっかりいってると、売れ残っちゃうわよ」

「あたしのことじゃなくて……」

「ねえ、そんなことよりさ、エー子に頼みがあるんだけどな」

お茶のおかわりをエー子にいれてやりながら、ビー子は意味ありげな視線を彼女に向けた。何か頼みごとをするときのパターンなのだ。

エー子はあきれたような顔をして、ビー子の丸い顔を見た。

「あなたも大したものねえ。この局面で頼みごとをするんだから」

「それがあたしのいいところよ。——頼みっていうのはほかでもないの。彼の親戚の人に会ってほしいのよ」

「彼って、その億万長者のこと?」

「そうよ。あたしと一緒に親戚一同に会って、あたしのことを売りこんでほしいのよ」

「あたしが?」

エー子は口を開いた。「自分で売りこんだほうがいいんじゃない? そういうこと、ビー子得意じゃない」

「だって自分で売りこんだって説得力がないでしょう」

平気な顔でビー子は答えた。「とにかくさ、中山家の一族ってのは強欲なのが集まっているんだって。彼のお父さんが亡くなったときも、遺産の行方ばっかり気にしてたっていうもの。それでね、今はおじさんやおばさんが自分の娘を彼のお嫁さんにしようと躍起になってるって話よ」

「ほら御覧なさい」

エー子はいった。「お金持ちってのは、そういう醜い争いがついてまわるものよ。ビー子には向いてないわ」

「そんなの平気よ。でね、彼が結婚するっていったら、その親戚連中が揃って猛反対するはずなの。そんなの無視して結婚しちゃえばいいんだけど、今後のことを考えると一応丸くおさめておきたいんだって」

「ふうん……」

「そうなると、その強欲連中に彼の花嫁候補を披露しておかなくちゃならないわけ。まずは実物を見せて、敵を納得させようということなのよ」

「ビー子を見せて納得させるの?」

「そうよ。何よ、その不思議そうな顔は」

ビー子が口をとがらせたので、エー子は少しうろたえて、「だってそんな欲深い人たちだと、どんなに奇麗な花嫁を連れてきたって反対するんじゃないかしら?」ととりつくろうようにいった。

「それは大丈夫」

ビー子は自信ありげに大きく首を縦にふった。「敵の攻め方はわかってるのよ。家柄でしょ、学歴でしょ、教養でしょ、それから容姿端麗ってことかな。だからそのへんをガッチリ固めていけば、文句のつけようがないはずなのよ」

「ふうん……」

「まだ不思議そうな顔してるわね」

「だって……」

エー子は口をもごもご動かした。

「わかってるわよ。そりゃあ家柄は伝統的に庶民の家系だし、最終学歴は三流短大だし、教養といったら少女マンガとパチンコぐらいしか身についていないわ。でも大丈夫なの。何とかうまく演技してしまえば、あとは電光石火で式を挙げちゃうことになっているんだ。一緒に住むわけじゃないし、バレっこないわ」

エー子はうんざりした表情で、深いため息をついた。

「それでその演技の片棒を、あたしに担(かつ)がせようってわけなのね」

「そういうこと。お願い」

ビー子は顔の前で掌(てのひら)を合わせて、拝む真似をした。「一緒に彼の親戚に会って、あたしのことを褒(ほ)めてくれるだけでいいのよ。簡単でしょ?」

「売りこみを、ねえ……」

エー子は腕を組むとしばらく考えていたが、やがて顔を上げてビー子を見た。

「ねえ、あなた金銭的なことだけじゃなく、本気で中山さんを愛してるの？　愛してるから結婚したいと思ってるの？」

「もちろんよ」

　とビー子は鼻の穴を膨らませて答えた。「たった一度会っただけでわかったの。愛は不滅よ。誰にも邪魔なんてさせないわ」

「ＡＢコンビも、これで解散なのね」

「そんなに深刻にならないでよ。大丈夫、大金持ちになっても、たまには遊んであげるわ。ＡＢコンビは不滅よ」

　そういってビー子は豪快に笑った。

3

　それから一週間たち、中山家の親戚一同にビー子が紹介される日がやってきた。エー子とビー子が緊張して待っていると、昼過ぎになって中山の例のベンツがマンションにやってきた。

「面倒なことをお願いして申しわけありませんでした」

　ビー子を通じて紹介されたあと、中山はこういってエー子に頭を下げた。「古い家になるとどうもね、家訓だとかいろいろとうるさいものなんですよ」

「いえ、あたしはいいんですけど……」

エー子はビー子をちらりと見て、「あまり急な話なんで、少し驚きました」といった。

「会っていきなりプロポーズされたっていったから、驚いてるのよ」

横からビー子は面白そうにいった。

「なるほど。それはそうかもしれませんね」

中山もビー子と同じように、面白そうに笑った。「いや、それにしても真美子さんのお友達だけあって、さすがにお美しい。これだけでも、口うるさい連中を黙らせることができますよ」

「あの、今日はどちらへ行くんですか？」

少し照れながらエー子が訊くと、「僕の家へ来ていただきます」と中山はいった。

「早くも連中が集まっていますがね、気にすることはありません。見かけはいかめしいが、中身はからっぽの人間ばかりです。ちょっと食事をして、話につきあっていただければいいのです。たぶんいろいろと質問もしてくるでしょうが、適当に答えておいてください」

「その点は大丈夫よ」

とビー子が自分の胸を叩いた。「彼女とバッチリ打ち合わせをしておきましたから。今日一日、立派な令嬢を演じてみせますわ」

「心強いですね」

再び彼は白い歯を見せた。

ベンツの傍らでは、彼の運転手が忠実な犬のように待機していた。そして彼らが近づくと素早い動作でドアを開けてくれた。

「失礼します」

乗りこむとき、エー子は運転手と目が合った。彼はメタル・フレームの眼鏡をかけており、それがより一層忠実さを強調している。だがそんなことよりも、エー子は何か心にひっかかるものを感じた。

「どうしたのよ、難しい顔しちゃって」

あとから乗りこんできたビー子が彼女を見て訊いた。

「あの運転手、どこかで会ったことがあるわ」

エー子はビー子の耳もとで囁いた。

「見たことがあるのよ。思いだせないけど」

するとビー子も頷いて、「やっぱり？　あたしもそう思ってたのよ。どこで会ったのかしら？」といって首を捻った。

だがすぐに中山が乗ってきたので、二人の内緒話はここまでとなった。

中山邸は閑静な高級住宅街の中にあった。武家屋敷のセットとして時代劇でも使えそうな建物で、周囲には塀がめぐらせてあり、その内側には松林が見える。屋根の瓦の具合など、いかにも年季が入っていそうだった。

車を降りて玄関まで行くと、五十歳ぐらいの太った女が現われた。和服姿で、愛想のいい笑みを浮かべている。

「家政婦のマサさんです。何年も前からこの家で働いています」

中山がいった。マサは深く頭を下げてビー子たちを迎えた。

彼女たちが連れていかれるのは前栽に面した部屋らしかった。廊下を歩いているとき、先に来ている親戚連中の話し声が聞こえていたが、マサが客の来訪を告げたらしく、ぴたりと静かになった。

中山のあとについて、ビー子、エー子の順で部屋に入っていった。全員の視線がいっせいに彼女らに向けられる。視線の動きで、ざわっと音が聞こえてきそうだった。

二十畳くらいの部屋に座布団が敷き並べられ、二十人ほどの男女がその上に座って待っていた。皆、黒っぽい服を着ている。親族会議をするときのルールなのかもしれない。

中山が挨拶をしている間も、彼らの目は二人の女性に向けられたままだった。エー子は傍観者の強みで、顔を伏せなかった。よく見ると、大して威厳のありそうな顔は並んでいない。どちらかといえば、近所のおばさんやおじさんといったところだ。どんな古狐や狸親父が集まってくるのかと構えていたエー子は、少し拍子抜けした気持ちだった。中には戸惑った顔でエー子とビー子を見較べている、間抜けそうなじいさんもいる。たぶん、どちらが中山の花嫁候補なのかわからないのだろう。

――ちょっと予想外だったな。

そう思いながらエー子は隣りのビー子を覗き見た。すると彼女も顔を上げ、堂々と背筋を伸ばしていた。口元に笑みを浮かべる余裕もあるらしい。

「ではご紹介します」

中山が声の調子を変えて、ビー子のほうに向きなおった。

「彼女が僕と結婚する、藤真美子さんです」

紹介されるとビー子はいったん胸をそらし、それからうやうやしく頭を下げた。

やがて食事が運ばれ、箸を動かしながら親戚の人間たちが自己紹介を始めた。たいていが小さな会社の経営者か、もしくは農協関係者だった。

「ええと、真美子さんは、学校はどちらを出ておられやすか?」

一通りの紹介が終わったあと、変な訛りのあるおじさんが酒をつぎにビー子のところにやってきた。

「ええ、あの……学習院のほうを」

思いきった嘘をビー子はいっている。どうせ嘘なら派手なほうがいいというのが、打ち合わせた結果だった。

変な訛りのおじさんは驚いて目を剝いた。「へえ、皇室さまとおんなしだべか?」

おほほ、とビー子が笑うと、そりゃもったいねえ、とかいいながらおじさんは引き下がっていった。

このあとも何人かのおじさんやおばさんが、ビー子にいろいろと質問をしていった。父親の職業だとか、出身地だとかである。父親は宮内庁の役人、生まれは芦屋で育ちは田園調布というのが彼女の返答だった。おじさんやおばさんは「ひゃー」とか「ほえー」とかいいながら、腰を抜かしていた。

「ビー子、ちょっとやりすぎじゃないの」

エー子が耳うちしても彼女は平気な顔で、

「大丈夫よ。最初に徹底的にやっつけておくのが勝負事の基本なの」などといっている。そして中山も、そんなようすを楽しそうに見ていた。

時にはエー子のほうにも酒をつぎにくる者もいた。彼らは会社でのビー子のことを尋ねてくる。そういうときには打ち合わせどおり、

「もちろんあたしたちの中では、断然成績はトップです。訓練時代も、教官から褒められるのは真美子さんばかり。あたしなんかいつも、勉強を教わってました」

などといわなければならないのだった。

酒が進み、酔いがまわりだすと、親族会議はただの宴会に変わってしまっていた。エー子は

少し息を抜くために、部屋を出て庭に下りた。

松林に囲まれた庭は、よく手入れされているというよりも、自然のままを残してあるといった感じだった。小さな池があるが、そのまわりの石の具合などは人工的な匂いが全くない。びっしりと広がっている苔なども侘びた風情がある。

「早瀬さん……でしたわね」

ふいに後ろから声をかけられた。振り返ると、エー子たちよりも少し年上らしい女性が微笑んで立っていた。髪が長く、面長の美しい女性だった。親戚連中に混じって座っていたが、いつの間にか中座していたのだ。自己紹介ではたしか、中山のいとこだといっていた。

「彼も、いい人を見つけてきたわ」宴会のほうをちらっと見て、彼女はいった。「あの方なら、親戚たちも納得するでしょうし……ね」

女の言葉に妙な含みを感じたので、エー子はそのまま黙っていた。

「あたしね」と女はいった。「彼のことを好きだったのよ、昔から。彼もそのことを知っていたと思うのだけれど、とうとう結ばれなかったわ。それは彼のほうに問題があるのだと思っていたのだけれど、どうやら間違いだったようね」

「………」

「彼ね、すごく真面目だったのよ。女の子なんか興味ないって顔しててね、いつも勉強だとかスポーツだとかに一生懸命だったの。たぶんお父さんが厳しい人だったからなのね。そんな彼をふりむかせることがあたしの夢だったのだけれど、見事に負けたわ、あなたの友達に」

「あなたのほうから告白すればよかったんじゃないですか?」

エー子は少し思いきっていってみた。女は笑みを浮かべたまま、力なく首をふった。

「そういう問題じゃないのよ。あなたにはわからないと思うけれど。——それにしても真美子さんには頭が下がるわ。彼女、いったいどこで彼に見染められたの?」

「飛行機の中です」

とエー子はいった。そしてお見合いシートでの出会いについて、話して聞かせた。女はえらく興味を抱いたようすだった。

「じゃあ、一種のひと目惚れみたいなものかしら?」

「だと思います」

「ふうん……」

女は少し怪訝(けげん)そうにしてから、「彼が女性にひと目惚れするなんて、少し意外だな」といった。

「インスピレーションじゃないですか」

とエー子がいうと、「そうね、そうかもしれないわね」といって女は、またゆっくりと戻っていった。

宴会がお開きになり、中山が最後の挨拶をした。彼は真美子の肩を抱き、皆に向かっていった。

「僕のフィアンセを気にいっていただけたようすで、非常に喜んでいます。急な話で申しわけありませんが、僕たちは二週間後に式を挙げます。どこかの教会で、二人だけで行ないます。そしてそれが終われば、しばらくアメリカへ行ってきます。帰ってくるのは数年後になるでしょう。皆さん。それまでさようなら」

4

「どういうことよ」

マンションに帰るなり、エー子はビー子に食ってかかった。「アメリカに行くなんて聞いてなかったわよ」

「そりゃそうよ」

とビー子は相変わらず平然と答える。

「いわなかったもの」

「どうしていってくれなかったのよ。そうと知ってたら……」

「協力しなかった?」

ビー子は下から覗きこむようにエー子を見た。エー子は顔をそらせて、「そういうわけじゃないけど……」と口をもごもごと動かした。

彼女のうろたえたようすを見て、ビー子は吹きだした。そして掌をふりながら、

「冗談、冗談。みんな冗談なのよ」

と笑いだした。

「冗談？」とエー子は眉間に皺を寄せた。

「そう、冗談。騙して悪かったけどさ、いろいろと事情があったんだ。中山さんと結婚することも、アメリカへ行くってことも、全部冗談」

そしてビー子はソファに身体を投げだすと手足を目いっぱい伸ばし、「あー、面白かった」と大きな声をあげた。

「冗談ですって？」

今度はエー子が声をあげた。「じゃあ、今日の会合は何だったの？　あれも冗談だったっていうの？」

「あれは本気。親戚の人はマジだったのよ。冗談だったのは、あたしと中山さんだけ」

「冗談じゃないわ」

エー子がさらに叫ぶと、その剣幕にビー子は片目をつぶった。「どうしてそんなことする必要があるのよ。悪戯じゃすまないわよ」

「まあそう怒らないでさ、あたしの話を聞きなさいよ」

のんびりした口調でいうと、ビー子はエー子に椅子を勧めた。口をへの字に曲げ、腕組みをしたままエー子はそこに腰を下ろした。

「前にもいったけどさ、中山さんには財産があるから親戚の人は皆自分の娘と結婚させたがってるの。でもね、彼はまだまだ結婚する気はないんだって」

「じゃあ、そうはっきりいえばいいじゃないの」

「いってもなかなか諦めてくれないらしいのよね。それで諦めさせるために、偽装結婚を仕組んだってわけなの」

「つまりビー子と結婚して、そのままアメリカに行っちゃうってわけね」

「そう。それなら親戚連中も諦めるでしょ」

「あきれたァ」

エー子は頭痛をおさめるみたいに、こめかみのあたりを押えた。「だったらどうしてあたしにいわないのよ。あたしまで騙すことないでしょ」

するとビー子は舌を出して、えへへと笑った。「敵を欺くにはまず味方からっていうでしょ。それにさ、いつもいつもエー子ばっかりモテるから、ちょっと逆転した気分を味わってみたかったんだ」

「バッカみたい」

エー子はもう怒る元気もなくして、ぐったりと首をうなだれた。それから大きなため息をつき、「中山さんもどうしてビー子なんか選んだのかしら？　そういう目的なら、もっとそれらしい女性を連れてくればいいのに」といった。

「ちょっとそれどういう意味よ」

ビー子は丸い頬を膨らませた。「彼にとってあたしは理想の女性に限りなく近かったのよ。たとえお芝居でも、そういう女性を選ぶのが人情というものよ」

「人情ねえ」

うんざりした顔でビー子を見たあと、エー子はまた呟くようにいった。「それにしてもちょっと気にかかるのよね。今日会った親戚の人たちだけど、どうみても強欲者の集まりとは思えなかったのだけど」

5

騒ぎから十日がたった。二人のマンションに一通のハガキが届いた。そこには次のように書いてあった。

『先日は面倒なことをお願いして申しわけありませんでした。おかげさまで親戚の者は安心して帰っていきました。

さてあのときに発表しましたとおり、左記にて結婚式を行ないますので、御出席願えれば幸いに存じます。　　　　　　　　　　　中山』

　そして左側には教会の場所が地図で示してあった。

「どうなってるの、これ?」

　エー子はハガキをビー子に見せながら、首を捻(ひね)った。ビー子も「変ねえ」といっている。

「もしかしたら中山さん、本気であたしと結婚する気なのかしら?」

「まさかそんなことはないでしょ」

　エー子は地図を見た。さほど遠い場所ではない。

「とにかく出席してみればわかることだわ」

　彼女の意見にビー子も頷いた。

　二人が教会に着いたとき、式はもう始まっていた。パイプ・オルガンの演奏が聞こえてくる。教会の窓から中を覗いたビー子は、

「間違いないわ。中山さんが結婚式を挙げてる」といった。

「相手は?」

「わからない、よく見えないの。ほかには誰もいないわ。やっぱり二人きりの式なのね」

「今から入っていくのも失礼だから、ここで待っていましょう」

　二人は教会の出口付近で、新郎新婦を待つことにした。

しばらくしてビー子が、「あっ、終わったわよ」といった。彼女がずっと窓から覗いていたのだ。

そしてすぐに扉が開き、タキシード姿の中山とウエディング・ドレスの花嫁が現われた。

中山はエー子たちを見つけると、「ああ、やっぱり来てくれたんですね」といって目を細めた。

「ええ、そりゃあ」

そういいながらエー子は花嫁を見た。そして思わず、あっと声を出した。

「ビー子そっくり……」

「あっ、ほんとだ」

とビー子本人も驚いている。中山はにやにやしながら花嫁のほうを見て、

「それだけじゃありません。お二人とも、この人に見覚えはありませんか?」

と訊いた。それでエー子はじっと花嫁の顔を眺め、やがてあんぐりと口を開けた。

「あ、う、運転手のお?」

「まさか」

ビー子はそばに寄ってじっくり見ると、今度はあとずさりした。目を白黒させている。

「運転手の田村君です」と中山はいった。「じつは僕たちは何年も前から愛しあっていたんです。しかし今の世の中はこういう関係は認めてくれないのでね、ずっと隠していたんですよ。

ところが僕が女性に興味を示さないことを親戚が心配して、何とか女性と結婚させようとしていたのです。人の生き方は自由なのだから、ほうっておいてくれればいいんですがね。そこで考えついたのが、女性との偽装結婚です。真美子さんに嘘をいったのは申しわけなかったのですが、親戚を納得させる真の目的はこれだったのです。女性と結婚すると知って彼らは安心していましたよ」

なるほどそれで、とエー子は合点がいった。やはり親戚の人間たちは、別に強欲者ではなかったのだ。それから、あの宴会の日に庭で会った女性のいった意味も理解できた。彼女もやはり中山が同性愛者だということを知っていたのだ。

「じゃあ、二人でアメリカに?」

大きな目を見開いたままビー子が訊くと、中山は頷いた。

「アメリカは日本よりは進んでいますからね。それに彼を彼女にする必要がある」

「えっ、じゃ性転換するんですか?」

ビー子は頓狂な声を出した。

「いずれは日本に帰ることになりますから、男のままではいろいろとまずいでしょう。それに彼も女性になることを望んでいるし、僕も彼なら女性になっても愛せます」

「はあ……」

「そうか」とエー子が突然手を叩いた。

「それでビー子を選んだんですね。運転手さんとビー子は似ているから」

「そうなんです」と中山はいった。「飛行機で見たとき、この人以外にありえないと思いました。彼が性転換すれば、きっと真美子さんそっくりになるでしょう。数年もたてば、年寄り連中なら気づきませんよ」

ビー子はウエディング・ドレスを着た運転手を見た。誰かに似ていると思ったが、それは自分だったのだ。

目が合うと、彼はつけまつげの目で笑ってみせた。ビー子は背筋がゾクゾクと寒くなるのを感じた。

「じゃあ、時間がないのでこれで失礼します」

傍らに停めてあったベンツに二人は乗りこんだ。運転席に中山が座り、助手席に運転手が座る。

「お幸せにね」

エー子が手を伸ばすと、中山はうれしそうに握手して応えた。ビー子もそれに倣う。

やがてベンツはゆっくりと発進した。だが十メートルほど行ったところで止まり、中山が窓から顔を出すのが見えた。

「真美子さん」と彼はいった。そしてビー子が駆け寄ると、さらにこういった。

「いろいろありがとう。この世の女性の中には、あなたほど僕の花嫁にふさわしい人はいない」

「………」

「それじゃ、さよなら」

ベンツは再び動きだし、今度はもう止まらなかった。その影を見送りながら、ビー子はつぶやいた。

「この世の女性の中には……ね」

その言葉の意味をようやく理解した、ビー子であった。

旅は道連れミステリアス

1

福岡発十九時五十分、東京着二十一時二十分の便にて——。

その男が乗りこんできたとき、新日航スチュワーデスのエー子こと早瀬英子は、あらっという感じで男の顔に視線を止めた。

面識のある男だったからである。

ほんの少し白髪の混じった髪を奇麗に分けたその男は、「どうも」という形に唇を動かし、後方の座席に向かって歩いていった。向こうもエー子に気づいているらしい。

乗客全員が搭乗したことを確認してから、エー子は同僚のビー子に、

「『富屋』の旦那さんが乗っていらっしゃるわ」

と男のことを耳うちした。

「へえ、『富屋』ってあのお菓子屋さんね。どこに座っていらっしゃるの?」

ビー子はキョロキョロとまわりを見渡した。

「左の後ろから二番目よ。グレーのスーツを着た……」

それでビー子もそのほうを見て、「あっほんとだ」と呟いた。

「でもなんだか元気がないわね。お店の景気が悪いのかしら?」

「まさか。疲れてるのよ、きっと」

エー子はそういって笑ったが、たしかに男の表情には精気が感じられなかった。

『富屋』というのは福岡市内にある、和菓子の店だった。単に菓子を売るだけの店ではなく、奥の茶室では抹茶を味わうこともできる。エー子は茶道の心得があるので、福岡泊まりの日には、ビー子を誘ってしばしばこの店に足を運ぶのだ。もっともビー子の方(ほう)は抹茶が苦手なので、ただ和菓子をぱくぱく食べるだけだが。

とにかくそういう関係で、彼女たちは店の主人とも顔見知りなのだった。

飛行機は無事福岡空港を離陸し、間もなく水平飛行に入った。

エー子はキャンディを配りながら通路を進み、菓子屋の主人の前まできたところで、

「御旅行ですか?」

と声をかけてみた。窓の景色にぼんやりとした視線を注いでいた主人は、びくっとしたように背筋を伸ばして彼女を見た。

「あ、いや」

と菓子屋の主人はかぶりをふり、それから手にしていたハンカチで額のあたりをぬぐった。

「大学の同窓会でね、僕は大学は東京のほうだから」

エー子は頷(うなず)いた。そして、

「同窓会は今夜あるんですか?」

と訊(き)いてみた。だが菓子屋はまた首をふった。

「いや、会は明日なんだ。だけど久しぶりの東京だし、少しゆっくりしてきたらどうだって女房もいってくれたから、今日から行くことにしたんだよ」

「そうですか」

エー子は微笑み、彼の横を通り過ぎようとした。すると今度は、「あっ、ちょっと」と彼のほうが呼びかけてきた。

彼女は笑みを唇に残したまま振り返った。

「食事でも一緒にどうかな」

菓子屋が少しためらいがちにいった。エー子はちょっと予期していない申し出だったので、戸惑った表情を見せてしまった。

そのせいか、彼はすぐに、「食事だけでいいんだよ」と繕うように付け足した。「一人で食べるのも味気ないと思ってね」

エー子はまた先刻までの笑顔を戻し、首をやや左に傾けた。

「残念ながら、今夜はまだ業務があるものですから」

もちろん嘘だった。男性客から誘いを受けた場合、こういうふうに断わることにしているのだ。ビー子なら、「なんだもったいないなあ。あたしならいっぱい御馳走してもらっちゃうのに」となるところだが。

「そう……それならしかたがないね」

彼は少し残念そうに頬を緩め、また窓の外に目を向けた。そんな横顔を見ていると、彼女を誘ったことを後悔しているようにエー子には思えた。

彼女が菓子屋の主人から話しかけられていた頃、ビー子は前のほうの座席付近で、雑誌や新聞を持って歩いていた。このとき、

「ちょっと……」

と声をかけてきたのは、三十少し前ぐらいの、目が大きく髪の長い女性だった。少し日焼けしていて、それで目がよけい強調されて見える。

「浜松町にホテルはあったかしら?」

と、その女性は尋ねてきた。浜松町は空港から出るモノレールの終点だ。ビー子は少し考えてから、「はい、ございます」と答え、例としてSホテルの名前を出した。彼女自身は利用したことはなかったが、友人がそこに泊まったという話を思いだしたのだ。

「そう。じゃあ、あたしもそこにしようかしら」

女の言葉は、あとのほうは独り言をいうように小さくなった。そして、ビー子をもう一度見上げて、「ありがとう」といった。

このあとギャレー（厨房）でエー子とビー子は顔を合わせたが、どちらも乗客については何も話さなかった。「ねえ、今夜は何を食べに行こうか」と相変わらずビー子が、食べ物の話をしただけだった。

飛行機は羽田に向かって、安定した飛行を続けていた。

2

Sホテルは、JR線浜松町駅と芝公園のちょうど中間あたりに位置する。古いホテルである。七階建てで、レンガ色の壁面はすすけている。フロントは二階にあるが、その前にあるロビーも、天井にぶらさがっているシャンデリアも、ひと昔前の感覚だ。それでも空港からやってきた客が、毎夜何人かは泊まっていく。

そのSホテルで変死体が見つかったのは、エー子とビー子が福岡・東京間を乗務した翌日のことだった。

「もう一度落ち着いて初めから」

警視庁捜査一課の笠井は、まだ幼さの残るボーイの顔を真っすぐに見たままいった。事件のあった部屋の前である。横では所轄署の刑事もメモの用意をしている。

永本という、えんじ色の服を着たボーイは、「ですから」といってからまた唾を飲みこんだ。

「ですから、なかなかチェックアウトされないので、ようすを見てこいと課長にいわれたんです」

「課長というのは、高野さんのことですね?」

笠井は、彫りの深い顔をボーイの横にいる痩せた男に向けた。フロント課長の高野だ。

「十一時がチェックアウト・タイムになっていまして」

高野は櫛をいれたての頭を下げ気味にしながらいった。「昼近くになっても、五百十四号室と五百二十号室のお客様がお見えにならないので、こちらから部屋に電話をしてみたのです。ところがどちらも受話器をお取りになりません。それで永本君にようすを見てきてくれといったのです」

「それで永本さんは、まず五百十四号室のほうから当たってみたというわけですね?」

笠井の言葉に、ボーイは頷いた。

「ノックしても返事がないんで、ドアを開けたんです」

「そして死体を発見した?」

ボーイは続けて頷いた。「まさかこんなことになっているとは、夢にも思わなかったですよ」

でしょうね、といってから、笠井は部屋のドアを指差した。

「鍵はかかっていましたか?」

「いえ、かかっていなかったです」

笠井は頷いて、もう一度ドアのノブのあたりを見た。近頃のホテルには珍しく、自動ロック式ではない。

「ではドアを開けてからのことを説明してください」

永本は唾を飲みこんでから、ゆっくりと話し始めた。それによると——。

室内のようすがおかしいというのは、ドアを開けた途端に感じたことだった。昼だというのにカーテンを閉めきってある。荷物は出したままだし、入ってすぐ左にある浴室のドアは開いていて、中の灯りもつけっぱなしだ。

——どこかへ出かけたまま帰っていないのかな

と永本は思った。そして念のために浴室を覗いたところ、そこに死体が転がっていたのである。

しかも死体は二つだった。

永本は腰を抜かしそうになりながら、なんとか電話のところまで辿りつき、フロントに事件を知らせたのだった。

「で、その死んでいた二人ですが」

と笠井はフロント課長に目を移した。

「男性のほうが五百十四号室の富田敬三氏、女性のほうが五百二十号室の堀井咲子さん……と、これに間違いないのですね?」

「間違いございません」

課長の高野は、青い顔をして答えた。たぶん死体のことを思いだしたからだろう。

死体は血にまみれていた。

まず浴室の入口付近に堀井咲子が倒れていた。胸に果物ナイフが刺さっている。そこから滲み出した血は、彼女のサマーセーターを赤黒く変色させていた。

富田敬三はバスタブにもたれかかるようにして倒れていた。バスタブには水が満たしてあり、その水も赤く染まっていた。左手首の動脈が切られ、その手が水の中につけられていたのだ。

「二人とも昨夜チェックインされたのですね？」

と笠井は高野に訊いた。

「そうです。だいたい同じくらいの時刻だったと思います」

「一緒ではなかったのですか？」

「違います。それに富田さんは御予約をいただいていたのですが、堀井さんは御予約をなさっていませんでした」

「二人が一緒にいるところを見たことはありませんか？」

するとフロント課長は首を傾け、「さあ」といった。

「サイド・テーブルの上にコーヒー・カップが二つありましたが、あれはこのホテルのものですか？」

「一階が『BRICK』という喫茶室になっています。そこからルーム・サービスを頼まれたんじゃないでしょうか」

「なるほど」

ひとまず高野と永本からの事情聴取を終えると、笠井は部屋に戻った。

「男のほうの手首ですがね」

度の強い眼鏡をかけた鑑識係は、笠井のそばに寄ってきていった。「傷口から判断すると、女の身体に刺さっていたナイフで切ったようですね。ほかに凶器は見当たりませんし」

「すると男の手首を切ってから、女を刺したことになるのかな」

「そのようですね、まあナイフを調べれば、もっと確実なことがわかると思いますが」

「状況だけを見ると、男のほうは自殺だが……」

「解剖の結果次第ですね。女のほうはさらに何ともいえないですよ。見たところは他殺のセンが濃いようですが、自分で刺せない位置じゃない」

「両方自殺なら心中というわけだな。しかし男のほうが手首を切り、女が胸を突き刺すっていうのはどうもな」

「わかりませんよ。最近は女のほうが度胸がいいですからね」

笠井はちょっと唇を歪めてから、「指紋は？」と訊いた。

「採取しました。ナイフには女の指紋しかついていないようですね。それからひとつ気になることがあるんです。例の二つのコーヒー・カップですがね、片方のカップは指紋を拭きとってあるんです」

「ほう……」

「もう一方のカップには指紋が残っています。富田敬三のもののようです」

「コーヒーは飲みほしてあったんだろう?」

「そうです。両方とも空でした」

ふうん、といって笠井はまた首を傾げた。

一階の喫茶室に行くと、笠井は五百十四号室にコーヒーを運んだというウエイターに会った。白の半袖シャツを着た、ひょろ長い若者だった。

「昨夜の十時頃でしたよ。男の人から電話で注文があって、五百十四号室にコーヒーを二つ持っていったんです」

「そのとき、部屋の中のようすは見えなかったですか?」

「見えなかったですね。ノックをしたら二十センチぐらいドアが開いて、そこからお客さんが顔を出されて、コーヒーをトレイごと受け取られたんです」

「中に誰かいるような気配は?」

するとウエイターは腕組みをして、ぎゅっと眉間に皺を刻んだ。

「声は聞こえなかったですね。でも男の人の素振りからすると、中にいる誰かを隠しているような感じだったな」

笠井はウエイターに礼をいって店を出、また現場に戻った。

死んでいた二人の身元確認は、すぐになされた。富田敬三は、福岡市内にある和菓子屋『富屋』の主人で、年齢は四十五歳。妻と高校二年になる娘がいる。東京にやってきたのは、学生時代の仲間と会うためであったらしい。彼の鞄の中からは、そのことを裏付けるように、同窓会通知が発見された。

堀井咲子は、やはり福岡に住む会社員。年齢は三十ちょうど。会社というのは某下着メーカーだ。その職場に問い合わせたところ、昨日と今日は休暇をとっているらしい。東京にやってきた理由は不明。福岡ではマンションに一人住まいで、現在家族に連絡をとっているところだということだった。

「痴情のはてとみるのが妥当じゃないでしょうか」

所轄署の若い捜査員が笠井にいった。

「状況から考えると、男が女を刺して、それから自分の手首を切って自殺をはかったというところですね」

「しかしそれならナイフは床に落ちていたはずだ」

笠井は奇麗に髭をそった顎をさすりながらいった。「ナイフが女の身体に刺さったままになっていたということは、男の手首を切ったのが先だということだ」

「なるほど。じゃあ逆なのかもしれませんね。女が男を殺してから、自分も死んだというわけですか。そういえば女はホテルの予約をしていなかったというし、女のほうが福岡から男を追いかけてきたのかもしれませんよ」

「たしかにそういうことも考えられるが……」

笠井は首を捻った。無理心中——それなら女のほうも手首を切って自殺するはずではないか……と。

3

その夜、ソファに座ってテレビを見ていたエー子とビー子は、Sホテルでの事件がニュースで流されると、その場で飛び上がった。

「えーっ、『富屋』の御主人がーっ?」

こう叫んだのはエー子だった。彼女としては昨日彼に会ったところなので、よけい驚きが大きいのだ。

だがこの直後のビー子の、

「信じられなーい」

という声は、エー子をはるかに上回るものだった。テレビ画面には死んでいた女のほうの顔写真が映っている。ビー子はそれを見て声をあげたらしい。

「この女の人のほうも、あたし知ってるのよ」

続けてビー子はいった。「昨日福岡から帰ってくる便に乗ってたのよ。ちょっと話しかけられたから覚えてるんだ。わー、どうしよう、気持ちわるーい」

「じゃあ二人とも同じ飛行機に乗ってたことになるのね」

そういってエー子はテレビのアナウンサーの言葉に耳を傾けた。それによると警察では二人の関係を確認することに力を入れているようだった。どうやら痴情のはてにという見方が強いらしい。

「でも二人が申し合わせて東京に来たのでないことはたしかだわ」

テレビのスイッチを切ってからエー子はいった。「じつは昨日、『富屋』さんから食事に誘われたのよ。もし女性が一緒なのだとしたら、そんなことはしないと思うわ。だから『富屋』さんのほうは本当に同窓会に出るつもりで、女性のほうが彼を追いかけてきたんじゃないかしら」

「ふうん……でもさ、同じ飛行機に乗ってて愛人がいることに気づかないなんてことがあるのかなあ。待合室でも顔を合わせる可能性があるわけでしょ」

「気づいてたけど、敢えて無視していたとも考えられるわね」

「そうか……」

釈然としない顔つきでビー子は頷いたが、やがて、「あっ」と声を出した。

「どうしたの?」

「うん。それが今思いだしたんだけど、さっきの女の人は、『浜松町にホテルはあるか?』って訊いてきたのよ。もし『富屋』の御主人のあとをつけてたのだとしたら、そんなことは訊かないはずよね」

「へえ、それでビー子は何て答えたの？」

「もちろん、ございますって答えたの。たとえばＳホテルとかって……」

そういって彼女は、欠伸をするみたいに大きく口を開いた。「そうだわ。あたしがあんなことをいったから、彼女はＳホテルに泊まったんだわ」

エー子は眉をひそめて、考えこむ顔つきになった。

「もしその話が本当だとすると……」

「失礼ね、本当のことよ」

「だったら、『富屋』さんとその女性が同じ飛行機に乗り合わせたのも、Ｓホテルに泊まったのも、単なる偶然ということになるわ」

「まさか、そんな偶然が重なるはずはないんじゃない」

ビー子は信じられないというように、首を二、三度横にふった。

「まさか……ねえ」

エー子はテーブルの上で頬杖をつき、『富屋』の主人の人のよさそうな顔を思いだした。しかし彼にそういう愛人がいたという話も、彼女にとっては納得しがたいことだった。

事件の翌日、エー子がフライトを終えて客室乗務員室に戻ると、そこで二人の捜査員が彼女の帰りを待っていた。スタンバイしていたビー子と客室課長の遠藤も一緒にいる。遠藤の顔がなんとなく憂鬱そうなのは、何かもめごとがあると必ずビー子がからんでいるせいだろう。

「昨日Sホテルで起こった事件のことで来られたそうだ。亡くなったお二人が、一昨日うちの便を利用してくださったらしくてね。で、そのときに乗務していた君たちに訊きたいことがあるそうなんだ」

そういって遠藤は二人の刑事を紹介した。年嵩のほうが警視庁捜査一課の笠井、若いほうが山本と名乗った。

遠藤が逃げるように席を外したあと、応接用の椅子でエー子たちは刑事と向きあった。

笠井はまず二枚の写真を見せ、そこに写っている人物に見覚えがあるかどうかを尋ねてきた。それは予想どおりホテルで死んだ二人だった。エー子はビー子と顔を見合わせたのち刑事に頷いてみせ、さらに富田敬三とは知り合いだということを述べた。

「それは都合よかった」

笠井は口元を少しほころばせた。「じつは今日お訊きしたいことというのは、この二人の飛行機内でのようすについてなんです。つまり、この二人が親しそうにしていたかどうかということなんですが……いかがでしょうか？」

エー子はまたいっときビー子のほうを見てから、

「そのことですが、昨日のニュースでは、あのお二人が愛人関係にあったような話だったものですから、すごく意外な気がしていたんです」

　と答えた。笠井の目がかすかに光ったようだ。

「ということは、とてもそんなふうには見えなかったということですか?」

「ええ。愛人どころか、席も離れていましたし、話をされているところすらお見かけしませんでした」

「ほう、すると完全な他人に見えたわけですね?」

「まあ、そうです。それに……」

「何か?」

　エー子はあの夜富田から食事に誘われたことを刑事に説明した。少なくとも富田のほうには女性と一緒に旅行しているという意識はなかったという主旨だ。

「あの、それからですね」

　刑事たちが熱心なようすでエー子の話に聞きいっているのを見て、負けてはならじと思ったか、ビー子も続いて口を挟んだ。もちろん彼女の証言というのは、堀井咲子からホテルのことについて尋ねられたという内容だ。

「だから彼女がSホテルに泊まったというのは、全くの偶然だと思うんです」

　ビー子は鼻の穴を膨らませながらいった。

　笠井は、この話にもかなり強い興味を抱いたようすだった。

「なるほど、お二人の話から考えても、あの二人が愛人同士だったというのは不可解な気がしますね」

「刑事さんも、その点には疑問を持っておられるのですか?」

エー子は訊いてみた。さきほどからの質問から察して、そういう気がしたからだった。

果たして刑事は頷き、「不自然な点は多いですね」といった。

「特に堀井咲子という女性の周辺を調べていて感じたことです。彼女には特定の男性がいたという形跡がないし、東京に来たのも、恩師の葬儀に出席するためだったらしいんですな。彼女の荷物からは、数珠が出てきました」

すると、堀井咲子が富田を追いかけてきたという考えも、捨てねばならないということになる。

「『富屋』の奥さんは何かおっしゃっていないのですか?」

エー子が訊くと、笠井はちょっと意外そうな表情を見せた。事件に興味を持っているような口ぶりだったからだろう。それで彼女は少し口元を緩ませて、

「いえ、その……『富屋』にはよく行きますので、奥さんとも顔馴染みなんです。で、御夫婦のことを思いだしますと、とても御主人に愛人がいたとは考えられないものですから」

といった。

笠井は、ああ、というように顎をひいた。

「たしかに富田敬三氏の周囲の人々から聞いたところでは、夫婦仲はよかったようだし、敬三氏が浮気をしていたとは思えないということでしたね。ただ奥さんの話によると、御主人が浮気をしていたことを薄々感付いていたんだそうです」

「奥さんは知っておられた?」

そういってエー子は、ビー子とまた顔を見合わせた。『富屋』には何度も行っているが、夫婦の間にそういう隙間風が吹いていたことなど、みじんほども感じられなかったからだ。

刑事は頷いて続けた。

「昨日奥さんからじかに伺ったんですよ。夫に愛人がいたことは知っていた、とね。しかし敬三氏は、近々愛人と別れることを奥さんに約束していたんだそうです。相手の愛人のほうが承諾したかどうかはわからないが、という注釈つきでね」

「じゃあその別れ話がこじれて無理心中に?」

思わずといった調子でビー子が訊いていた。

「そういう見方になりますね。しかしさっきも申しあげたように、富田氏と堀井咲子さんが愛人同士だったと考えるには、疑問点が多すぎるのです」

4

翌日はエー子もビー子も休暇日だった。久しぶりに買い物にでも行こうという話になっていたのだが、朝になってエー子が別の提案をした。

「Sホテルに?」

トーストを頰ばったままビー子は聞き返した。

「そう。ちょっとようすを見てこようかなと思って」

「例の事件のことね。でも珍しいじゃない、エー子がヤジ馬根性を出すなんてさ。いつもはあたしの専売特許なのに。どういう風の吹き回し?」

「どういうってことでもないんだけど、なんとなく心にひっかかってるのよ。あの夜富田さんはあたしを食事に誘ってきたわ。もしあたしが承知していたら、事態は変わっていたかもしれない」

いや、きっと変わっていたはずだとエー子は思う。そして富田が死ぬこともなかった。

「それをいわれると、あたしだってつらいのよね」

ビー子はトーストを飲みこみ、小さくため息をついた。「堀井咲子さんにSホテルのことを教えたのはあたしなんだからさ。遺族の人たちが知ったら、きっと恨むだろうなあ」

「だからようすを見に行きましょうよ。いったい何がどうなってあの二人の乗客が同じ部屋で死んだのか、ヒントぐらい摑めるかもしれないわよ」

「うん、そうね」

ビー子はしょんぼりしながらも頷いた。そしてまたトーストに手を伸ばした。

ホテルの従業員から話を聞きだすには、やはり客になったほうがいいだろうということで、二人はツイン・ルームをひと部屋予約していった。フロント係は髪をぴっちりと分けたいかにもホテルマンといった感じの小男だ。

「このホテルって、先日心中事件があったんですってね」

エー子がサインしている間にビー子がいったが、フロント係は顔の肉ひとつ動かさない。たぶん口止めされているのだろう。

「あれから何かわかったんですか?」

それでもビー子はめげずにくいさがった。だがフロント係は、「その件につきましてはちょっと」といって頭を下げると、傍らにいたボーイを呼んで、二人を案内するように命じた。それで二人も引き下がるしかなかった。

部屋は六百十六号室だった。ボーイの案内で、二人はエレベータに乗った。

「お客さんたち、雑誌社の人ですか?」

六階のボタンを押してからボーイが尋ねてきた。フロントでの会話を聞いたようだ。

「そんなのじゃなくて、亡くなった人を少し知っているのよ」

とエー子が答えた。答えながら、死体を発見したのがホテルのボーイだったということを思いだした。

「あなたもしかして死体を発見したっていう……」

エー子がいうとボーイは屈託のない笑みを浮かべて、

「ええ、永本っていうんです。あの日は本当に驚きましたよ」

と答えた。同時にエレベータは六階に到着した。

「亡くなった方たちがここに泊まっていたとき、あなたは言葉を交わさなかったの?」

ボーイの後を歩きながらビー子のほうが訊いた。

「御案内したときに交わしたかもしれませんが、よく覚えていないんです」

「じゃあ、チェックインされてからは、死体を見つけるまで二人の姿は見なかったのね」

エー子がいうと、ボーイは小さく顎をひいて、「まあ、そうですね」と答えた。

「ただ、ちらっと女性のほうを見た覚えはあるんですよ。たしか五階のエレベータ・ホールだったと思うんですけど、ゴミ箱から何か拾い上げておられるようでした」

「ゴミ箱から?」

「ええ。いや、そんなふうに見えたということです。僕は階段を駆け降りていたものですから、見間違えたのかもしれません」

永本の口ぶりは慎重だった。

だがエー子はそれが彼の見間違いではないような気がした。堀井咲子はゴミ箱から何か拾い上げたのだ。問題はそれが何であったかということだが——。

永本に案内された部屋は、古い造りだが内装のしっかりしたツイン・ルームで、窓からは一直線に東京タワーを見通せた。

エー子はバス・ルームを見た。洋式便器があって、奥にバスタブがある。富田は左手首を水の中につけ、堀井咲子は胸にナイフの刺さった状態で倒れていたというが、それらが正確にどういう位置関係にあったのかはわからない。ただ、男女が心中の場に選ぶには、少しふさわしくないような気がした。

「あたしならこんなところで死なないな」とビー子はいった。「だって何かのはずみで便器に顔を突っ込んだりしたら格好悪いじゃない」

「汚いわねえ」

「ところでさ、五百十四号室に行ってみない？」

ビー子が提案した。「まずは現場検証よ」

もちろんエー子も同意して二人は部屋を出た。

が、現場検証といっても室内に入れるわけではない。結局、事件のあった部屋の前でうろうろしているだけとなった。

と、突然その部屋のドアが開いた。きゃっ、という声を出してビー子がエー子に抱きついてきた。

「おや、あなた方でしたか」

彼女らとは対照的に落ち着いたようすで現われたのは、警視庁の笠井刑事だった。

「スチュワーデスという仕事は、探偵も兼ねるんですか?」

コーヒーをひと口飲んでから笠井はいった。一階にある『BRICK』という喫茶室に彼のほうから誘ってきたのだ。エー子とビー子はうつむいたまま、ストローでジュースを吸いあげた。

「まあ、そう固くならないでください。それよりこの店ですがね、じつはあの夜富田氏は、この店からコーヒーを二つ部屋に運ばせているんです。そして現場には、空になったコーヒー・カップが二つテーブルの上に置いてありました。ところが不思議なことにね、一方のカップには富田氏の指紋がついていたが、もう一方のは奇麗に拭きとってあったんですよ」

「指紋が?」とエー子は顔を上げた。

「ええ。不思議でしょう。何しろこの店の店員の指紋すらついていないんですから、拭きとったとしか考えられませんよね」

指紋を拭きとってあった、という話を聞いてエー子の頭に真っ先に浮かんだことは、あれが他殺だったのではないかということだった。犯人が指紋を消して逃走するということは、推理小説では常識だ。

「しかし現在のところでは、やはり堀井咲子さんが富田氏に対して無理心中をはかったという見方が有力ではあるんです」

エー子の気持ちを読んだように、笠井はいった。「というのは富田氏の体内から睡眠薬が検出されていましてね、それがどうやらコーヒーの中に仕込んであったらしいのです。さらに咲子さんの胸に刺さっていたナイフを調べてみたところ、富田氏の血液も採取されました。以上のことから、咲子さんが隙をみて富田氏を眠らせ、彼の手首を切ったのち自分の命も絶ったのではないかと考えられているわけです」

「咲子さんが富田さんの愛人だったということは、証明されたんですか？」

ビー子が訊いた。刑事は難しい顔をして首をふる。

「まだです。奥さんは夫には愛人がいたはずだと主張されているのですが、どうもそれを裏付けるものが出てこないのです」

「あの、これは思いつきなんですけど」

エー子は、さきほどから気になっていたことをきりだすことにした。「他殺ということは考えられないのですか？　たとえば犯人は富田さんを殺すつもりでやってきて、睡眠薬を飲ませ手首を切った。ところがそこへ突然堀井さんが入ってきたので、衝動的に彼女も殺した……というふうには」

そうすればコーヒー・カップの指紋が消されていたことにも、説明がつけられるのだ。

笠井は感心したように彼女の顔を見直すと、ゆっくりと頷いた。

「いい推理ですね。じつはその可能性についても検討はしているのです。ただ第三者による他殺と考えた場合でも、どうしても解決しなければいけない問題があるのです」

「富田さんと咲子さんの関係ですね」

ビー子が横からいった。

「そうです。これを何とかしないことには一歩も前に進めないのです。それに動機のこともありますしね」

そういってから笠井はコップの水を口に含み、どこか遠くを見るような目をした。そしてやや改まった顔をエー子たちに向けてきた。

「富田さんの奥さんをご存じだとおっしゃいましたね?」

「ええ、まあ……」とエー子はビー子の顔を見る。

「率直にいって、どういう方ですか?　あなた方が感じておられるとおりで結構なんですが」

「どういう方って……」

エー子がいい淀んでいると、

「とてもいい人です」

とビー子がきっぱりした口調でいった。「優しくて親切で、それに芯のしっかりしたところもある人だと思います」

「なるほど、そうですか」

笠井はそういって、また水を飲んだ。そのようすが気になって、エー子は思いきっていってみた。

「あのう、もしかしたら奥さんを疑っておられるのですか?」

この質問には彼も驚いたようだ。はっとしたように彼女の顔を見返してきた。

「やっぱりそうなんですね?」

「いや、疑っているというほどじゃないです」

笠井ははっきりとした口調でいった。誤解を招いてはまずいという響きがあった。

「これは秘密なのですが、あなた方を信用してお話ししましょう。じつは富田氏は多額の生命保険に入っておられたのです」

「保険? ああ、そうか」

とビー子が納得したように掌を叩いた。「その保険金の受取人が奥さんなんですね。それで疑われてるんだ」

エー子が刑事の顔を見ると、彼も目で肯定した。

「三億です」と彼はいった。ヒューッとビー子が口を鳴らす。「しかも二か月前に契約したばかりです。保険金殺人を疑うのが捜査の常道だといえます。ただね、それとなく調べたところでは奥さんには完璧なアリバイがあるし、どうも殺人を犯すような人ではないようなんですね」

「そのとおりです。そういうアホな考えは早急に捨てるべきです」

ビー子が力を込めていうと、

「我々もこの考えには妥当性が少ないと思っています」

と笠井は答えた。「それに今度のことで、奥さんが保険金を受け取ることができるかどうかは、極めて微妙なのです」

「といいますと?」とエー子が訊いた。

「ご存じかもしれませんが、生命保険を契約後一年以内は、自殺の場合保険金が支払われないのです。今度の場合心中――両者合意の場合の心中と判断された場合、支払われることはないでしょうね」

「保険金めあての殺人なら、そんな状況は作らなかっただろうということですね?」とエー子。

「そうです。もっと確実に他殺と断言できる状況を残しておいたはずなのです。そしてそれは特に難しいことではありません」

5

エー子が次に笠井刑事に会ったのは、事件から十日が過ぎた頃だった。羽田空港でばったり出会ったのだ。

「今から福岡に行くんですよ」

と刑事はいった。

「あら、何時の便ですか？　あたしも今日福岡行きに乗るんですけど」

だが笠井がいった便は、エー子が乗務する一本前の便だった。

「『富屋』に行って奥さんから話を聞きだすのが目的でしてね」

彼の言葉遣いは、何か意味ありげにエー子には聞こえた。

「何か進展があったんですか？」

「いや、進展というほどでもないです。ただ、どうも保険金のことが気になりましてね。その後『富屋』について調べてみたのですが、かなりの額の負債があることがわかったのです」

「あの『富屋』が……」

エー子にとっては意外な話だった。いつ行ってもあの店には威厳のようなものがあって、そんな危機など感じられなかったからだ。

「老舗（しにせ）というのは思いきった合理化というものがやりにくいんだそうですね。それに伝統を維持していくには、かなり金がかかるんだそうですよ」

そして笠井は腕時計を見て立ち上がった。飛行機の時間が迫っている。

「富田さんと堀井咲子さんの関係はわかったのですか？」

別れ際にエー子は尋ねてみた。すると刑事は振り返り、首をすくめていった。

「お二人につながりはありません。つまりアカの他人ということです」

笠井よりも一便遅れて、エー子とビー子も福岡に着いた。今夜は福岡泊まりである。つまりこちらでゆっくり市内見物できるわけだ。

だがもちろん二人は『富屋』に直行するつもりだった。笠井がどのような話をしたのかを聞きたかったし、エー子も富田の妻――たしか早苗という名だった――にたしかめたいことがあるのだ。

「ねえ、エー子が思いついたことって何なの？　教えてくれてもいいでしょ」

ビー子が膨れながらついてくる。エー子ひとりが納得しているようすなので面白くないのだ。

「うん、それはつまりね、堀井咲子さんがゴミ箱から何を拾い上げたかということなの」

「へえ、それがわかったの。で、何なの？」

「それは『富屋』に着いてからのお楽しみよ」

「なんだ、もったいつけちゃって。ケチね」

ビー子は丸い頬をますます膨らませた。

『富屋』は細い通りに面して旧家屋が立ち並んでいる中にあった。二人が入っていくと富田早苗が和服姿で現われ、優しさにあふれた笑顔を見せた。

「よくいらっしゃいました。お久しぶりですわね」

彼女の声は、とても十日前に夫を亡くした妻のものとは思えなかった。ビー子が彼女のことを「芯のしっかりした」と表現したが、全くそのとおりだとエー子も思う。『富屋』がとにかく今までやってこられたのも、彼女がいたからだろう――。

「あの、御主人のこと聞きました。本当にお気の毒なことで……」

エー子がいったが、早苗はひらひらと掌をふった。

「そのことはもういわないでください。済んでしまったことです」

そして早苗は二人を奥の茶室に案内した。茶室といっても椅子に腰かけるようになっているので、足をしびれさせる心配はない。

女店主自らがたててくれた抹茶を飲みながら、二人は『富屋』特製の和菓子を二つずつ食べた。

「もう一服いかがですか？」

早苗がいったがエー子はそれを断わり、その代わりに、「少しお訊きしたいことがあるんですけど」といった。何気なくいったつもりだが、ずいぶん固い口調になった。

「今日ここへ警察の方がみえたんじゃありませんか？」

早苗の表情に殆ど変化はなかった。相変わらず優しそうな目をエー子に向け、そして穏やかな口調でいった。

「お知り合い？」

「ええ、今度の事件のことで話す機会があったものですから」

そしてエー子は、富田が乗った飛行機に自分たちが乗務していたことや、その後のいろいろないきさつを話した。

「そうでしたか。それは奇遇でしたわね」

早苗は微笑んだままだった。あまりにも落ち着きすぎている、とエー子は思った。

「あの、刑事さんは何を訊きにみえたのですか？」

立ち入りすぎていることを承知でエー子はいった。もしかしたらこれで彼女の機嫌が損(そこ)なわれるかもしれない——。

だが彼女はちょっと小首を傾げて、

「大したことではありませんでした。今までの確認程度で。刑事さんは何かがっかりしておられたようですけど、しかたがありませんわね」

といっただけだった。

——そんなはずはない。

エー子は思った。確認程度のために笠井がわざわざやってくるはずがない。彼もやはり真相に気づいて、それを明らかにさせるためにやってきたのだ。

「奥さん」

とエー子は呼びかけた。自分でも意外なくらい落ち着いた声が出た。早苗がしっとりとしたまなざしを向けてくる。その目を見ながら彼女は続けた。

「御主人は自殺されたのではないか――刑事さんはこのように尋ねられたのではありませんか?」

このとき初めて早苗の表情が止まって見えた。さっと紗がかかったようになり、そしてまた笑顔に戻った。だがどこか張りつめたものがある。

「主人は」と彼女は静かに唇を動かした。「あの女の人に殺されたのです」

「いいえ違いますわ」

エー子は背をぴんと伸ばしていった。

「その逆です。御主人があの女の人を殺したのです」

彼女の横で、ビー子が思わず息を飲む気配がした。

「富田さんは、店の借金を苦にして、それを御自分の生命保険で返済しようとされたのじゃありませんか? 今だからいえることですけれど、あの夜に飛行機でお会いしたときの富田さんは、何か思いつめておられるようすだったのです」

だから最後の食事を誰かと一緒に過ごしたかったのだ――エー子は今ではそう思っている。

「じゃあ、自殺するために東京に行かれたわけ?」

ビー子が遠慮がちに訊く。早苗は黙って自分の掌を見つめていた。

「そう。だけど自殺とわかってしまっては保険金は支払われないから、他殺に見せかける計画だったのよ。喫茶室にコーヒーを二つ頼んだのも、片方のカップの指紋を拭きとっておいたのも、そこに殺人者がいたことを示唆するための工作だったのよ」

「睡眠薬もそうなの?」

「そうよ、自分でコーヒーに入れて、自分で飲んだのよ。そうしてナイフで手首を切って、自分で左手をバスタブに入れたということ」

「たしかにそれなら、警察は他殺の疑いがあると睨むでしょうね」

ややうつむいたままビー子はいったが、すぐにまた頭を上げた。「でもどうしてそこに堀井咲子さんが絡んでくるの?」

「問題はそこよ」とエー子はいった。

「富田さんは、じつはもう一つ細工しておいたの。それは部屋の戸締まりよ。鍵を部屋の外に捨て、内側から鍵をかけたの。こうすれば、犯人が逃走前にドアの施錠をして、その途中で鍵を捨てていったように見えるでしょ。そして鍵を捨てた場所というのが、例のゴミ箱の中だったわけ」

「堀井さんが何かを拾い上げたというゴミ箱ね」

事情をのみこめてきたからか、ビー子の口調も熱っぽくなっていた。

「そういうこと。で、用意万端整えて、富田さんは自殺をはかったのだけど、ちょうどこのときに思わぬアクシデントが起きたの。何と、見知らぬ女性が部屋に入ってきちゃったのよ」

「それが堀井咲子さんだったのね」

「彼女はたぶん何かの拍子にゴミ箱の中の鍵を見つけたのよ。それで持ち主に返してやろうと思って部屋をたずねたのだと思う。ノックもしたでしょうね。でも返事がないからというわけで、部屋の中に鍵を置いて出ていこうとしたのよ。驚いたのは富田さんでしょうね。まさか鍵をあけて誰かが入ってくるとは思わなかっただろうから。発見されるのは、自分が死んでからでないとまずいわけだしね」

「もし助かっちゃったら、警察にいろいろと調べられて、結局保険金詐欺をはかろうとしたことを白状させられるでしょうしね」

「富田さんが咄嗟にどこまで考えたかはわからないけれど、とにかくこのままじゃまずいと思ったでしょうね。それで最後の手段とばかり、堀井さんに襲いかかって殺しちゃったんだ。そして彼女が絶命したことを知ると、ナイフの指紋を拭き、あらためて彼女に握らせて指紋をつけ、自分はまたバスタブに左手をつっこむ姿勢をとったわけ。これで全くアカの他人の二人が、ホテルの一室で死んでいたという状況ができあがったのよ」

しゃべり終えたあと、エー子は早苗のほうを窺った。彼女は今もただじっと、自分の細い指先あたりに視線を注いでいる。まるで若い二人のやりとりを聞いていなかったように見える。無論そんなはずはないのだが。

エー子は息を整えたのち、「いかがですか?」と訊いた。

「御主人の死は自殺だったんじゃないんですか?」

やがて早苗の右手がすっと動いて、アップにした髪を撫でた。話しだす言葉を探しているように見えた。

「主人の遺書は」と彼女は口を開いた。

「主人の死体が見つかった朝に郵送されてきました。主人が家を出た直後に、速達で出していったようです。自殺の理由については説明しなくてもいいですね」

エー子は早苗の気迫に圧倒されながら頷いた。

「あの女性がどういう理由で死んでいたのかは、私にもわかりません。もしかしたらあなた方のおっしゃるとおりなのかもしれませんね。でもそんなことはどうでもいいことなのです。私にとって大事なことは、主人は自殺したのではなく、殺されたのだということを主張することでした」

「それで御主人に愛人がいたらしいと、嘘をいわれたのですね」

早苗は目を伏せ、「あの人に愛人を作るだけの勇気があれば、商売のほうももう少しうまくいっていたかもしれません」といった。

「笠井刑事も真相には気づいておられるのでしょうね」

「ええ。あの方もそこに座って、長々と事件の説明をしてくださいました。あしたもみえるそうです。もしかしたら明後日も」

「でも奥さんは遺書のことを黙っているつもりなんですね」

するると早苗は唇に笑みを浮かべて、

「もちろんですわ」といった。

「主人が命を捨ててまで守ろうとした『富屋』の暖簾です。私も命をかけて守りぬいてみせますわ」

そして彼女はにっこりと目を細めて、エー子とビー子の顔を見較べた。

「だからお二人も、このことは警察に黙っていてくださいね」

エー子はビー子と顔を見合わせ、そして頷きあってから、

「しゃべりませんわ」

といった。そうすると早苗は、さらにうれしそうな顔をした。

「もう一服いかが？」

彼女が訊いてきた。

「ええ、いただきます」

エー子は椅子に座り直した。

とても大事な落とし物

1

東京発十四時二十分、青森着十六時五分のYS11機内にて——。

新日航スチュワーデス早瀬英子、通称エー子がそれを見つけたのは、機体が離陸してから一時間ほどたった頃だった。

今日の乗客数は二十七人、満席時の半分よりやや多いという程度で、エー子は同僚のビー子こと藤真美子と共に、ややリラックスした気分で勤務についていたときだ。

それは機内最後部の化粧室に落ちていた。

——何かしら？

エー子は狭い個室内で腰をかがめてそれを拾い上げた。それは白い封筒だった。表を下にして落ちているのだが、裏には何も書いていなくて、誰かが踏んだらしい跡がうっすらと残っている。

——お客様の落とし物らしいわね

そう思って封筒の表を見た途端、彼女は思わずまたその封筒を落としそうになった。

そこには小さく、

『遺書』

とだけ書いてあったのだ。

2

「ヤバイものを拾っちゃったわねえ。ラブレターだったら楽しかったのに」

ビー子は丸い顔の丸い目を、さらに大きくひろげていった。それでも好奇の光は充分にたたえている。

「すごく困ったわ」

とエー子は眉を寄せ、声をひそめていった。

「このままにするわけにもいかないし、何とか落とし主を見つけないと」

「マイクで呼びだせば？」

とビー子は相変わらず簡単にいう。エー子は顔をしかめた。

「何ていって呼びだすの？　トイレで遺書を落とされた方、お預かりしております――とでもいうの？」

「だめかしら」

「当たり前じゃない。何、考えてるのよ」

「封筒に名前は書いてないの？」

「残念ながらね」

「じゃあ封筒をあけて中を見ちゃおう。中身にはきっと名前を書いてあるわよ」

いい終わらないうちに、早くもビー子は封筒に手をかけている。のりづけされていないので、今にも中の便箋を抜きだしそうだ。だが寸前でエー子が横からひったくった。

「ちょっとビー子、乱暴なことしないでよ。あくまでもプライバシーは守らなくちゃ。落とし主は読まれたと知ったら、再起不能なぐらい落ち込んじゃうかもしれないわよ」

「自殺を決めてるぐらいなんだから、それ以上落ち込まないわよ」

「あなたって本当にデリカシーのかけらもないのねえ」

「じゃあどうするのよ?」

「ここを使うしかないわ」

エー子は人差し指で、自分のこめかみのあたりをさした。

「頭使うのって嫌なのよね、おなかすくから」

とビー子。それには答えず、エー子は腕組みをした。

「乗客の数は二十七人。でも、お手洗いを使った人となると限られてくるわ。どの方がお手洗いを使用されたか、覚えてるわね」

この程度のことを記憶しておくのは、スチュワーデスとして当然なのだ。

「覚えてるわよ。ええとね、あそこのOLふうの女の人でしょ。それからインテリっぽいサラリーマンふうの人が入ったわ。そのあと中学生ぐらいの女の子と禿げ頭のおじさん」

「ちょっと待って。OLふうの人の前に、中年のおばさんが入ったわ。ベルト着用サインが消

える と同時に駆けこんでたから覚えてるの」

「そうそう、そうだったわ。おばさんって、いつもそうなのよね」

ビー子はうんざりした顔をする。

「それから女の子と禿げ頭のおじさんの間に入った人がいるわ、あの禁煙シートにかけておられる白髪のおばあさんよ」

エー子は座席の中ほどをさしていった。

「合計六人ね」

「その中に落とし主がいるはずよ。何とか見つけて、自殺を思いとどまらせないと」

「自殺を考えているような人は表情でわかるものよ。あたし、キャンディを配りながら皆の顔色を見てくるわ」

そういってビー子はキャンディの入れ物を持った。

「待って。あたしも行くわ」

エー子も彼女のあとに続いた。

最初はOLふうの女性だった。髪が長く、なかなか美しい横顔をしている。窓際に座って足を組み、物憂げに外の景色を眺めている。通路側の席には誰も座っていなくて、バッグが無造作に置いてある。前の座席の下には、バッグと同じ柄の傘が置いてあった。

ビー子はエー子に目くばせした。大いに可能性あり、ということだろう。

「キャンディでございます」

ビー子が声をかけると、女性はちらっとこちらを見て、キャンディを一つ摑んだ。淡い香水の匂いが一瞬漂った。

「あの、いしょ……」

ビー子が小声でいった。女性は怪訝そうな目を向けた。

「何ですか？」

「いえあの……い、磯は見えますか？」

「磯？」

女性は窓の外に目を向け、それからまたビー子のほうを見て首をふった。

「見えないわ」

「あ、そうですか。そうですよね。申しわけありません、勘違いでした」

ビー子はぺこぺこ頭を下げてその場を離れた。あとに続くエー子は彼女のヒップをつつく。

そこには、

——何やってんのよ、あんなことしたら怪しまれるだけじゃない

という意思がこめられている。ビー子は肩をすくめた。

次は、最後から二番目に化粧室に入った銀髪の老婦人だった。年齢は七十ぐらいだろうか。一人旅ではなく、隣りの窓際には夫と思われる老人が座っている。老人は眠っているのか目を

閉じている。エー子が彼の膝の上に毛布をかけると、

「どうもすみません」

と婦人のほうが礼をいった。柔らかく、もの静かな口調だった。

その次は中学生ぐらいの女の子だった。女の子はミニスカートに白いカーディガンという身なりで、通路側に座って少女マンガを読んでいた。そのマンガは機内備えつけのものではなく、彼女が持参してきたものだ。機体が離陸する前から、彼女がこのマンガに熱中していたことをエー子は覚えていた。

女の子の隣りは三十半ばぐらいの女性で、薄いグレーのジャケットを着ていた。ビー子がキャンディを差し出すと、その女性が腕を伸ばして二つ取った。薬指と中指に指輪をはめている。女性はキャンディの一つを女の子に勧めたが、女の子はマンガから目を離さずに、「いらない」と短く答えた。

最後に手洗いを利用したと思われる禿げ頭の中年男は、窓の外にちょうど翼が来る位置に座っていた。そのせいか、外の景色には興味がないようすで、スポーツ新聞を読んでいた。シートベルトをはずし、ついでに自前のズボンのベルトも緩（ゆる）めている。短い足を組んでいるので、足の先が通路に出ている。おまけにベルトを緩めたところからは、ワイシャツの裾がはみだしていた。

ビー子がキャンディを勧めたが、男は見向きもしなかった。

インテリふうのサラリーマンというのは、三十前ぐらいの、金縁眼鏡をかけたやさ男だった。この男がたしかいちばん最後に搭乗した客だということをエー子は覚えている。不機嫌そうな顔で乗りこんできて、機内をさっと見渡したあとで今の席に腰を下ろしたのだ。それが男の指定席でないことは、彼が一度も搭乗券をたしかめなかったことから明らかだった。指定席とはいえ、今日のようにすいているときは、どこに座ろうと自由ではある。

「キャンディはいかがですか?」

ビー子が声をかけると、インテリふうの男はびくっとしたように身体を起こし、眼鏡を直してまた座り直した。

「いや、結構」

そういいながら男が、後方の座席に目を向けたのをエー子は見逃さなかった。

いちばん初めにトイレに駆けこんだ中年の女性は、仲間らしい同年配の女性と、ただもうひたすらしゃべっていた。エー子たちが近づいたのも、全然気がつかない。一つ後ろの座席に座っている二人組も仲間らしく、彼女はシートから後ろに身を乗りだして話しかけている。新幹線のように座席が回転しないのが、ひどく残念なようすだった。

やがてビー子がキャンディを持っているのに気づいた彼女は、

「あら、ありがと」

といって、大きな掌(てのひら)でひと摑みした。それだけでかごの中は殆(ほとん)どなくなり、中年女性はその大量のキャンディを自分のハンドバッグの中にぎゅうぎゅうと押しこんだ。彼女の仲間の一人は、『東北五日間の旅』というガイドブックを開いていた。

「あのおばさんでないことはたしかね」

厨房に戻ると、中年女性をさしてビー子がいった。

「あのおばさんが生きていく気力をなくしたんだとしたら、誰も生き残れないわ」

「それはいえそうね。となると、あとは残りの五人」

「何か手がかりないかな」

ビー子が首を捻る。

「強いていえば、このうっすらとついた足跡だけど」

エー子は封筒の裏を見せた。誰かが踏んだと思われる跡がある。

「これだけでは誰の足跡か判断できないわね。全員の足跡と照らしあわせたら何とかなるかもしれないけれど、まさかそんなことできないし」

「筆跡じゃ、わからない?」

封筒の表に書かれた、遺書という文字を指差してビー子は訊いた。その文字は青いインクで書いてある。楷書だが、なかなかの達筆だ。

「それぞれの人が、何か書いてくれればわかるかもしれないわね。でもどうやって書かせる?」

エー子の質問にビー子は首をすくめた。

「そんな難しいこと、あたしにわかるわけないじゃない」

「少しは考えたら……」

どうなの、といいかけたエー子の口が止まった。サラリーマンふうの男が、立ち上がって後ろに歩いてくるのだ。またトイレらしい。だが男はすぐにはやってこず、後部座席のほうをちょっとうろうろしてから来た。

「トイレを……」

男がいったので、「はい、どうぞ」とビー子は道を開けた。その言い方が妙に固かったせいか、男は変な顔をして入っていった。

だが男はすぐに出てきた。いくら男性は簡単に済むとはいっても、ちょっと早すぎる感じだった。しかしそんなことをエー子たちがとやかくいえるはずもない。男は咳ばらいを一つして、また自分の座席に戻っていった。

「おかしいわ」

とビー子がいった。「ちょっと早すぎると思わない?」

「思う」

とエー子も頷いた。「もしかしたら遺書を落としたことに気づいて、それで拾いに来たのかもしれない」

「どうする？」

「どうしよう？」

エー子が見ると、サラリーマンふうの男はシートの背もたれから顔を出し、またすぐに引っ込めた。明らかにこちらを意識している。

「いい考えが浮かんだわ」

ビー子が掌を小さく叩いた。「その封筒を通路に落としておくのよ。そうしたら落とし主が拾うんじゃない？」

「だめよそんなの」

エー子は言下に却下した。「ほかの人が拾ったら大騒ぎになるじゃない」

「じゃあどうするのよ。今度はエー子がアイデアを出す番よ」

「そうねえ」

エー子は封筒を見た。やはりこれだけで落とし主を見つけだすというのが無理なのかもしれない、という気になってきた。

「しかたがないわ、最後の手段よ。もう時間もあまりないし」

時計は午後三時三十分を示している。もうあと四十分たらずで青森に到着してしまう。そしてこのまま遺書の持ち主を探しあてられなければ、自殺しようという人間をみすみす逃がしてしまうことになる。

「中を見ちゃうのね?」

ビー子が目を輝かせていった。エー子は渋々頷いた。

「気が進まないのよ。でも、このままじゃ解決しそうにないわ」

「最初からそうすりゃよかったのよ」

そういってビー子は封筒の中にふっと息を吹きこみ、便箋を抜き出した。便箋は二枚で、うち一枚には何も書いていなかった。

『こういうやり方がまずいということは充分にわかっていますが、ほかに方法が思いつきませんでした。

私は死ぬことにします。私が死ねば悲しむ人もいるでしょうが、じきにそんな悲しみは忘れてしまい、私がいないことにも馴れることでしょう。そして結局何もかもうまくいき、あのときに死んでくれてよかったということになるかもしれません。

だからといって、私は人のために死を選ぶのではありません。私は自分がやりたいようにやるだけなのです。同情などしないでください。どうせ誰でも死ぬのです。私はその時期を自分で選んだにすぎないのです。

×月×日　雨を見ながら』

「誤算だわ」

とエー子はいった。「署名がないじゃない」

彼女は署名があるものと信じていただけに、文の最後に今日の日付が書いてあるだけなのを見て、ひどい焦りを覚えた。署名があれば、遺書の落とし主を推察するのは容易だろうと考えていたのだ。

「おまけに何だかよくわからない内容ね」

ビー子は口をとがらせた。「これじゃ自殺の動機が全然わからないじゃない。手がかりなしだわ」

エー子はもう一度文面を見返した。遺書、という表書きと同様、丁寧な字体で綴(つづ)ってある。便箋は特徴のない、縦書き用だ。

「エー子」

ビー子が彼女の脇腹をつついた。「あと三十分しかないわよ」

3

エー子は、操縦室のドアを叩いた。ドアが開けられる。YS11のコックピットには大人二人がかろうじて座れる程度の空間しかない。

「どうしたんだい？」

左側操縦席に座っている、副操縦士の佐藤がやや緊張した顔を向けてきた。

「じつは……」

エー子は声をひそめて事情を早口で説明した。唸(うな)り声を漏(も)らしたのは、機長の小塚だった。

「遺書か、それはまずいな。落とし主はわからないのかい?」

佐藤と操縦を交代して、小塚は振り返った。

「中を見てみたんですけど、署名もないんです」

エー子は遺書を小塚に渡した。

「本人の心理を考えると、あまり大騒ぎするのはよくないだろうな。だが一応青森空港に連絡して、警察に相談してもらおう」

「でも誰が落としたかわからなければ、警察としても行動できないと思うんです。お客様を長時間空港に足止めするわけにもいかないでしょうし」

「たしかにほかの乗客には迷惑はかけたくないが、この場合やむをえないだろう。それまでに落とし主が判明すればいいんだが」

そういいながら小塚は封筒を眺めていたが、裏を見て、おや? という顔をした。

「誰かが踏んだ跡があるね」

「あります」

「この足跡の主が手洗いに入ったときに、この封筒はすでに落ちていたということだ。あるいは、足跡の主が落としたのかもしれない。いずれにせよ、それ以後に手洗いに入った人間はシロだ」

「それはそうなんですが、その足跡の主というのがわかりません」

「そうかい?」

　小塚はもう一度封筒に視線を落とし、それからエー子を見てちょっと頬を緩めた。

「秀才のエー子ちゃんといっても、やっぱり現代女性だな。よく見てごらん、足跡にかすかな模様が残っているだろう?」

　エー子は封筒を凝視した。そういわれれば模様のようなものがある。波が魚のうろこみたいに重なっているような模様だ。

「ぞうりの踵(かかと)にゴム製の補強板が貼ってあるだろ? これはその補強板に刻んだ模様だよ」

「ぞうり……ですか」

「そう。ぞうりを履いた人はいないかい?」

「あ……」

　すぐに例の老婦人のことが頭に浮かんだ。

「いらっしゃいます」

「その人の後の人間は無関係だ」

「どうもありがとうございました」

エー子は礼をいってドアを閉めた。そして厨房に戻ると、ビー子にこのことを話した。

「ふうん、さすがはキャプテンね。でもまあ年の功ってことかな」

こういうときは素直には感心しないのがビー子だ。

「でもおかげで、これで少しは絞れそうだわ」

「ところがそうでもないのよね」とビー子。

「あらどうして?」

「だって、あのおばあさんの後に入ったのは、禿げ頭のむさくるしいおじさんじゃない。あのおじさんなんか、はなっから論外よ。ああいうタイプは殺しても死なないの」

エー子はその中年男のほうを見た。男はシートからずり落ちそうな格好で、いびきをかいている。

「そういえばそうね」

小塚の鋭い指摘だったが、あまり役に立たずエー子は落胆した。

そのうちにまた客の一人がシートから立ち上がった。見るとそれは、例の中学生ぐらいの女の子だった。女の子は髪の毛をいじりながらエー子たちのほうに来た。

「そうだわ」

エー子は例の封筒を裏返しにして、目につくようにワゴンの上に置いた。

女の子は彼女たちのところに来るとトイレには入らずに、

「何かマンガない？」

と訊いてきた。声は幼いが、口調はませている。

「あ、はいはい」

ビー子が緑色のカバーをつけたマンガ雑誌を三冊、彼女の前に出した。女の子は一通りそれらを眺めたあと、

「全部読んじゃったのばかり。週刊誌でいいわ」

といった。それでビー子は週刊誌を五冊彼女に見せた。

女の子は一冊ずつ手に取っていたが、その途中一瞬だけ彼女の視線が封筒に向けられたのをエー子は見た。だが女の子は特に何の反応も示さず、

「これでいいわ」

といって、女性週刊誌を取った。

「青森には旅行？」

彼女が立ち去る前にエー子は訊いてみた。女の子はちょっと考えたあと、

「まあ、そんなとこかな」

と答えた。

「おかあさんと一緒なのね」

「うん、そう。……週刊誌、お借りしまあす」

そういって女の子は座席のほうに戻っていった。

彼女を見送ったあとでエー子は首を傾げた。

「封筒を見ても動じないみたいだったけど……」

「わからないわよ、最近の中学生は。そう簡単に本心を見せたりしないんだから」

「安心はできないということね……あらっ?」

エー子たちが話していると、後ろから四番目の席に座っていた、三十歳くらいの女性がやってきた。トイレかと思ったが、そうではないらしい。

「あのう……」

「はい、何でしょうか?」

ビー子が明るい声で尋ねる。相手の女性は口元を掌で覆って、客席のほうに顔を向けた。

「あの、ちょっとようすがおかしいんです」

「え?」

「あの人ですよ。あたしと反対側の座席に座っている女の人」

彼女がいっているのは、どうやら例のOLふうの女性のことらしい。エー子たちがいる位置からは、彼女を見ることはできないが。

「どうおかしいんですか?」

ビー子が訊く。相手の女性はさらに声をひそめて、

「泣いてるみたいなんですよ、どうも」

といった。ビー子とエー子は思わず顔を見合わせた。

「さっきから見てたんですけど、何度もハンカチで目を押えてるみたいです」

しばらくそのほうを見たあと、エー子がすぐに相手の女性に笑顔を向けた。

「わかりました。お加減がお悪いのかもしれませんね。どうもありがとうございました」

「余計なことかもしれないけれど、気になったものだから」

言い訳するみたいな口調でいうと、その女性は自分の座席に戻っていった。

「ようすを見てくるわね」

ビー子にそういって、エー子が問題の女性の席に近づきかけたときだ。前のほうの席で、また誰かが腰を上げた。見るとそれは、またさっきのサラリーマンふうの男だった。

男はものすごい勢いで後ろに向かって歩いてくると、何のためらいも見せずに、ある座席に腰を下ろした。その席が問題のＯＬふうの女性の隣りだったので、エー子はあっけにとられた。

「いい加減にしろ」

と男はいった。かなり大きい声だったので、周囲の何人かが注目した。

「いつまですねてるんだ。少しは話し合う気になれないのか」

この声も充分に響いた。前のほうの座席でも、伸び上がって後ろを見ようとしている客がいる。

「あの、お客様。もう少しお静かにお願いいたします」

エー子が慌てて男にいった。

「あっ、どうも失礼」

男は短く答えると、またすぐに女性のほうを向いて何か話し始めた。女性は何の反応も見せず、ただじっと窓の外に目をやっている。

――おかしなことになったわ

とエー子は思った。どうやらサラリーマンふうの男は、さっきからずっとあの女性のことを気にしていたらしい。だから何度も振り返ったり、用もないのにトイレに入ったりしていたのだ。

乗客の落ち着きがなくなっていた。皆、例の男女に気がいっているのだ。彼らと反対側の女性客など、通路に身を乗りだして耳をそばだてている。

「わかった、もういい」

突然男が立ち上がった。「話し合おうとした俺が馬鹿だった。どうにでも好きにすればいい」

男はずかずかと、また元の位置に戻った。聞き耳をたてていた何人かが、大急ぎで顔を引っ込めた。

エー子は紅茶を作ると、それをトレイに載せて女性のところに行った。どうぞ、といって紙コップを差しだすと、彼女は少しためらってから手を伸ばした。

「ごめんなさい、うるさくして」

目は赤かったが、表情には少しだけゆとりがあるようで、エー子はほっとした。

「どうなさったんですか？」

おせっかいとは思いながらも、エー子の頭には遺書のことがある。つい、女性の隣りに腰を下ろしてしまっていた。

「つまらないことなんです」

と女性はいった。「世間にはよくあることで……ただ少しショックだったから」

「ショック？」

「あたしたち、この春に結婚したばかりなんです。あたしは出身が青森で、見合い結婚してあの人が住んでる千葉に出たんです。でもあの人、結婚前からつきあっていた人がいたらしくて……」

涙がこみ上げてきたのか、彼女はここで言葉を切った。エー子は彼女のいいたいことがわかるような気がした。

「結婚後も、だんなさまはその方とつきあっておられたんですね？」

こっくりと彼女は頷いた。

「うちの実家に多少財産があるものですから、あの人、それに目がくらんだだけなのだと思います。あたしくやしくてくやしくて……自殺しようかとも考えたんです」

どきりとエー子の心臓に響いた。と同時に、足の先に何か当たるのを感じた。それは傘だった。彼女のバッグと同じ柄のものだ。

迂闊だったな、とエー子は思った。遺書にはっきりと書いてあったではないか、『雨を見ながら』――と。今日雨が降った地域といえば限られている。傘を持っている人間をマークすればよかったのだ。

「いけませんわ、それは」

エー子は真摯なまなざしを向けていった。

「そんなことで死ぬなんて、馬鹿馬鹿しいじゃないですか」

「でも本当に生きる価値がないような気がしたんです。じつは遺書まで本気で書いたんですよ」

ごくり、とエー子は唾を飲みこんだ。例の遺書は服のポケットに入っている。

「遺書……ですか?」

「ええ。あの人に対する恨みをいっぱい書きました」

恨みをいっぱい?

「その遺書は?」

「捨てました」

女性はあっさりと答えた。「恨みを文字にしているうちに、だんだん気持ちが落ち着いてきたんです。あんなくだらない男のために、自分の一生を台無しにする必要がないと……ね。あたし、青森に帰ってやり直すつもりです。あの人、強引にここまでは追いかけてきたけれど、実家までは来ないはずですから」

「あの、遺書は捨てたって……どこに？」

「小さく刻んで、ゴミ袋に入れて捨てたんです。そのとき一緒に、新婚旅行のときの写真も捨てましたわ」

胸の内をエー子に話したことで、彼女は少しすっきりしたように見えた。

4

ベルト着用のサインがついた。機体は少しずつ下降を始めている。

「はっきりしていることは」

とエー子はいった。「中学生の女の子か、おばあさん。それ以外にはないわ」

「女の子よ」

とビー子は断定的にいう。「あの年頃は悩みが多いものなのよ。その点おばあさんのほうは、今まで生きてきたんだから、ここで死ぬ必要はないんじゃないの」

「メチャクチャな論理ね」

「そうかなあ」

「とにかくあの二人に注意しておきましょう」

二人はベルト着用の確認に立った。

ビー子は機内の後方半分を請け負った。背もたれを倒しているところは戻し、ベルト着用を確認していく。

例の老夫婦はさっきとほぼ同じ姿勢をとっていた。夫のほうは相変わらず毛布をかぶったまま寝ている。ベルトを見ると、ちゃんと締めてあった。婦人がやってあげたらしい。

老夫婦のすぐ後ろは空席になっていた。機内備えつけの新聞と週刊誌が置いてある。ビー子がそれらを片付けようとしたとき、前の老夫婦のほうから声が聞こえてきた。

「もうすぐですよ」と婦人の声。

「ああ、やっぱり速いな」

「よく眠っておられたわね」

「そうだな、よく眠った。皮肉なもんだ。東京にいるときは、落ち着いて眠れなかったが」

「私はここでも一睡もできませんでしたよ」

「なんだ、まだ諦めがつかんのか。往生際の悪い」

「いいえ、諦めはついています。だからこうしてあなたのいうとおりにしています」

「じゃあ、なぜ眠らんのだ？」

「私たちがいなくなってからのことを考えていたんですよ。いったいどうなるんだろうって」

「なんだそんなことか。どうもならん。若い者がなんとかやっていくだろう。我々は奴らの邪魔にならんようにするだけだ」

ここまで聞いたところで、ビー子はエー子に目くばせして、慌てて厨房に戻った。

「心中？」

ビー子の話を聞いたエー子は、思わず息を飲んだ。

「たぶん間違いないわ。詳しいことはわからないけれど、あの御夫婦は、若い人たちの負担になるのが嫌で東京を離れたみたいよ。でさ、自分たちが死んだときのことなんかを話してたわ。ねえ、どうしよう？」

「どうしようたって、今はどうしようもないわ。着陸したら、あの方たちをつかまえて、話を伺うことにしましょう。いざとなれば待機している警察に相談よ」

エー子もビー子も、アテンダント・シートに座ってベルトを締めた。機体はまもなく着陸態勢に入った。

軽い衝撃とともに身体の角度が変わる。滑走路をすべるように走る感覚があり、同時に鋭いブレーキがかかる手応えもある。そして間もなく機体は静止した。ベルト着用のサインが消えるのを待たずに、早くも乗客は腰を浮かしはじめる。アナウンスしたあと、エー子はタラップの下、ビー子は上で乗客を見送ることにした。

——短いフライトだったわ

客の一人一人に頭を下げながらエー子は思った。あの遺書のおかげで、自分が何をしていたのか正確に思いだせないぐらいなのだ。

それでも何とか遺書の落とし主の目星はついた——彼女はそれで安堵していた。

例の浮気亭主が下りてきた。何度も何度も後ろを振り返っているのは、妻のことが気にかかるからだろう。その妻はわざと遅れているのか、まだ姿を見せない。亭主は渋い顔をしながら、歩いていった。

次に現われたのは、例の女の子だった。隣りに座っていた母親らしき女性が後に続いている。母親は笑っていたが、娘は無表情だった。

彼女らに続いているのは四十ぐらいの男性で、がっちりとした体格をしていた。よく日焼けしていて若々しい。この男は座席も母娘のすぐ後ろなのだった。

「お疲れさまでした」

エー子が頭を下げると、男は髪をかきあげるしぐさをしながら、

「ありがとう」

と答えた。そのとき、男の指先で何かが光った。

——あっ……

エー子は声を飲んで男の背中を見送った。男は少し足早に歩くと、前方の母娘と並んだ。そしてまた髪をかきあげながら、母親のほうに何か話しかけた。母親は笑って答えている。とても楽しそうな笑顔だ。

――そうだったの

エー子は呆然と三人を見送っていた。その彼女に声がかけられた。はっとして振り向くと、ビー子が目線を送っている。例の老夫婦が通過するところなのだ。

エー子はビー子を見ると、激しくかぶりをふって見せた。ビー子はわけがわからないというように、きょとんとしている。

「あと、お願いします」

やむなくそれだけいうと、エー子は駆けだした。ビー子が何かいったようだが、耳に入ってこなかった。

「ちょっと待ってください」

エー子は母娘たちに声をかけた。何事かという顔で彼らは振り向いた。エー子は封筒を取り出すと、それを女の子に見せた。

「これ、あなたが落とした物だったのね?」

女の子は最初何の反応も見せなかった。それで一瞬、エー子は自分の推理が間違っていたのかと思ったが、そうではなかった。

次の瞬間には女の子が走りだしていたのだ。そして出迎えに集まった人々でにぎわう建物の中に消えていった。

5

「バスには乗ってませんね。それからタクシーの運転手も見ていないそうですから、おそらく空港の近くに隠れているんだと思います」

制服を着た警官が、エー子たちに報告した。警官は四十過ぎぐらいの、人のよさそうな男だ。

「地元の人たちにも協力してもらっています。大丈夫です、すぐに見つかりますよ」

よろしくお願いします、と女の子の母親が頭を下げると、警官は一礼して部屋を出ていった。

空港内にある応接室である。エー子とビー子が向かい合っているのは、女の子の母親である元西きみ子と、彼女と結婚する予定の安藤隆夫だ。女の子の名前は悠紀子という。悠紀子はあのまま姿を消してしまったのだ。

「全然わかりません」

きみ子はうつむいたまま、ハンカチを握りしめていた。

「あの子が自殺を考えていただなんて……それもこんな旅行のときに」

安藤のほうは黙っていた。きみ子の横で、何かに耐えるみたいに沈痛な表情を浮かべている。

「でもあの筆跡はお嬢さんのものなんでしょう?」

ビー子の質問に、きみ子は身体を揺するようにして頷いた。

「間違いありません。小学校に上がった頃から書道を習わせていたので、年のわりには整った字を書くんです」

どうりで、とエー子は納得した。

「動機に、お心当たりないんですね？」とビー子。

「まったく」と、きみ子は答えた。少し声が震えている。

「失礼ですけど、前の御主人は？」

エー子が訊いた。

「二年前に死にました。肺ガンで……それからは私が女手ひとつで悠紀子を育ててきました。町田で小さな果物屋をやっているんです」

「お嬢さんと前のお父さんの仲は、よかったんでしょうね」

「それはもう。女の子ひとりでしたし、夫も仕事柄家にいるものですから、とてもよくかわいがっておりました」

「再婚を決意されたのはいつですか？」

少し思いきった問いかけだった。きみ子も、そして横で聞いていた安藤も戸惑ったような目をした。

「決めたのは最近です」

ときみ子は答えた。「安藤さんは卸売りをされていて、その関係で知り合ったんです」

「ひと月ほど前に私のほうから結婚を申し込みました」

安藤がいった。「でもそのことが今度のことと関係あるんですか?」

エー子は二人の顔を見ながら深呼吸をひとつした。そして、

「たぶんお嬢さんは、お二人の結婚には反対だったんじゃないですか?」

といった。感情を抑えたつもりだが、鼓動が少し乱れた。

「そんなはずないです。あの子には真っ先に相談したんです。そうしたらお母さんの好きなようにしていいといいました」

「じゃあ、お嬢さんの心に変化があったのはその後ですわ。——安藤さん」

「はい」

「再婚話が決まってから今日までの間に、悠紀子さんを邪魔にしたような態度をされませんでしたか?」

「邪魔に? とんでもない。私は何とかあの子に気に入られるように、いろいろと努力してきたつもりですよ。だから今度の旅行も——新婚旅行代わりなんですが、あの子を連れてくることにしたんです」

エー子は首をふった。

「でも悠紀子さんはあなたを父親とは認めておられないようです。私が悠紀子さんに、『お母

さんと旅行?』と尋ねたとき、『うん、そう』とお答えになったんです。本当なら、お父さんも一緒だとか、そういうことをいうんじゃないでしょうか」

安藤ときみ子はまた顔を見合わせた。そうしてしばらく二人とも黙っていたが、やがて安藤が何かを思いだしたようにきみ子にいった。

「この前店先で話していただろう? あのときの話を聞いていたんじゃないかな」

「この前って?」

「ほらあのときだよ。子供をいつ頃作るという話をしたときだ」

「ああ……でもあの話が何か?」

「あのとき僕がいっただろう、早く二人の子供が欲しいって。何気なくいったつもりだったが、聞きようによっては、僕が悠紀子ちゃんを娘と思っていないってふうにとれるんじゃないかな」

「えっ、でもあれは軽い会話で……」

「こっちは軽い気持ちでも、あの子にはショックだったのかもしれない」

「まさかそんなこと……あの子はあなたのこと好きよ。父親だと認めてるわ。認めてるはずよ」

きみ子は繰り返したが、その語尾は次第に弱いものになっていった。

「ところで」

と安藤はエー子に目を向けた。「なぜあの遺書が悠紀子ちゃんのものだとわかったのですか? 署名はなかったんでしょう?」

「ええ。それで私たち、ずいぶん悩んだんですよ。じつは直前までほかの人が落としたものと思っていたんです。でも結局、遺書に署名がなかったことがヒントになりました」

「といいますと?」

「なぜ署名がないのか? それを考えてみたんです。自殺すればどうせ身元がわかるんだから、署名しない理由がないと思ったからです。それで私はこう考えました。署名しようとしたけれど、何か弊害があって、しづらかったのではないか——と。ただここからは全然考えが進みませんでした。頭にひらめきを感じたのは、安藤さんの指を見たときです」

「指?」

と彼は自分の掌を眺めた。

「安藤さんは薬指に結婚指輪をしていらっしゃるでしょ? 奥さんのものと同じですよね。それを見た途端、御三人の関係が把握できたんです。同時に、悠紀子ちゃんが旅行はお母さんと二人だという意味のことをしゃべっていたことも思い起こしました。そこでわかったんです、署名がなかった理由が。つまり悠紀子ちゃんは、安藤悠紀子と書くべきか、元西悠紀子と書くべきかを迷ったんです」

あっという声を漏らしたのはきみ子だった。

「やっぱり、もう少し時間をかけるべきだったかもしれないな」

安藤の声が暗く響いた。

悠紀子は間もなく警察官によって見つけだされた。近くの商店街をぶらぶらと歩いていたのだという。どこに行くつもりだったかという警官の質問に対して、わからない、と彼女は答えたそうだ。

応接室に連れてこられた悠紀子を見て、きみ子はわあわあと泣きだした。悠紀子の目に涙はなかった。

安藤は彼女の肩を摑んで見下ろすと、小さな声で、

「もう一度話し合おう」

といった。悠紀子はこれに答えず、ぺこりと頭を下げ、

「ごめんなさい」

と、比較的はっきりした声で答えた。

エー子とビー子はこの時点で応接室を出た。

このあと二人がタクシー乗り場まで行くと、偶然先刻の老夫婦が並んでいた。エー子たちに気づいた婦人は、

「今夜はお泊まり？」

と尋ねてきた。

「ええ、そうです」

とエー子が答えた。「お二人はこちらに御旅行ですか?」

「いいえ、家がこちらにあるんですよ。今日まで東京の息子の家に遊びにいっていたんです」

「ああ……」

ビー子の推理とはだいぶ違う。

「こちらでリンゴ園をしているんですけど、後を継いでくれるものがおりません。それで息子を説得しようという下心もあったんですよ」

「息子さんは何と?」

エー子の問いに、老婦人は笑いながら首をふった。

「その話を出すのはやめました。あの子はあの子なりにがんばっていることですし……。リンゴ園に未練はあったんですけど」

「おい、よそ様につまらんグチをお聞かせするんじゃない」

老人が不機嫌な声を出した。「わしらは、とにかく死ぬまであのリンゴ園の世話をすればいい。わしらが死んだら、あいつらが何とかする」

「ええ、そうですねえ」

「本当におまえはおしゃべりだな」

そういっている間にタクシーが滑りこんできて、二人の老人は乗った。エー子たちがそのタクシーを見送っているうちに、続いてもう一台入ってくる。

「やれやれ」

ビー子がいった。「なんだか疲れちゃった」

「ホテルに着いたら一杯飲もうか？」

「賛成」

そして二人はタクシーに乗りこんだ。大きな影が視界に入ったのでエー子が窓の外に目を移すと、また一機、空港から飛びたったところだった。

マボロシの乗客

1

三月十五日、午前八時、羽田空港内にある新日航客室乗務員室内にて——。

その電話が鳴ったとき、近くには誰もいなかった。フライト前の準備をしていた早瀬英子——通称エー子は、迷わずに受話器を上げた。

「はい、新日航客室課でございます」

歯切れよく答えたが、相手の反応に少しためらいのようなものがあった。変だな、とエー子は嫌な予感を感じた。やがて、

「もしもし」

と男の声が聞こえてきた。陰にこもった、聞きとりにくい声だった。

「新日航客室課でございます」

エー子は繰り返した。嫌な予感が徐々に膨(ふく)らんでくる。

「今からいうことをよく聞け」

相変わらず聞きとりにくい声で男はいった。

「昨日、俺は人を殺した」

心臓が、びくんと弾んだ。

「えっ？　あの、もう一度お願いします」

「だからよく聞けといってるだろう。お、俺は昨日人を殺したんだ。わ、わかったか」

　男の声は少し震えているようだった。エー子は素早くあたりを見回す。ちょうどビー子こと藤真美子が部屋に入ってきた。すっきりした顔をしているのはトイレに行ってきたからだろう。

「あの、少しお電話が遠いようなんですけど、もう少し大きな声で詳しく話していただけませんか？」

　相手の男にいいながら、エー子はビー子に片目をつぶって合図した。だがビー子のほうは気づかない。同じように片目をつぶって首を傾げている。

「いいか、よく聞け」

　と男の声はさっきよりは少し大きくなった。だがこもったような響きには変化がない。ハンカチか何かを送話口に当てているのかもしれない。

「俺は昨日おまえのところの客を殺した。女の客だ。駐車場で殺して、車に乗せて運んだ。どこに運んだかというと――」

「あの、ちょっとお待ちください」

　エー子はビー子に手招きし、壁に貼ってある紙を指差した。そこには次のように書いてある。

『怪電話がかかったら
　1。「はっきり聞こえない」、「もっと詳しく」等会話を引き延ばす。

　2。傍らの者を手で呼んで、このはり紙を示す。

3。示された者、気配を察した者は、以下の番号に逆探知を依頼し、空港警察等に通報する。

・逆探知依頼　×××―××××

・空港警察

・CAB警務課

・運航課

ようやくビー子の顔色が変わった。お尻を机の角にぶつけたりしながら、ほかの電話に飛びついた。そして逆探知依頼をしている。

「何だか騒々しいな。変なことをしてるんじゃないだろうな」

男がいった。

「いえ何も……あのそれでどうしたんですか?」

「え? ええと……ああ、そうだ。駐車場で殺して車に乗せて、そのまま港に行ったんだ。死体は東京湾に沈んでるよ」

受話器を持つエー子の掌(てのひら)の中が、汗でじっとりと濡れてきた。代わりに口の中はからからだ。

「あの、それで私どもはどうすれば?」

「金だよ、か・ね。金を出せ。金を出さないと、おまえのところの飛行機に乗った客を次々に殺すからな。もしこのことがマスコミに流れてみろ、誰もおまえのところの飛行機なんか乗らなくなるぞ」

「でも出せといわれましても、私の一存では」

自分でもとぼけた返答だと思いながらも、エー子にはうまい対応策が見つからない。とにかく会話を引き延ばすことだけを考えている。

「そんなことはわかってる。だからまた連絡する。見てろ、そのうちに東京湾から女の死体が出てくるからな。その女が発見された時点でまた連絡する。それまではこのことを警察にしゃべったりするなよ。……もちろん、それからも警察にはしゃべるな。ではさようなら」

男は一方的にしゃべって電話を切った。

2

同じ日の午前九時ちょうど、羽田空港の北側にある駐車場――。

若い係員が、駐車中の車に異状がないかどうか見回りをしていた。駐車料金はかなり高額だが、それでもここに何日も停(と)めたままになっている車が何台かある。

彼がそれを見つけたのは、駐車場のいちばん奥のあたりだった。二台の車に挟(はさ)まれた駐車スペースのほぼ真ん中に、黒っぽい箱のようなものが落ちていた。

――何だろう？

係員はそばに寄ってみた。すぐにそれが女物のハンドバッグであることがわかった。拾い上げてみるとわりに新しい。ふたを開けてみると、中に化粧品や小物の入っているのが見えた。

――客が落としたのかな。それにしてもこんなものを落とすなんてなあ……

係員はバッグを持って料金所に戻った。彼よりやや年上の係員が欠伸をしていた。

「何だそれ?」

と年上の男はバッグを見て訊いた。

「客の落とし物らしいんだ。奥のほうに落ちていた」

「中身は?」

「入ってるよ。まだよく調べてないけど」

「ふうん……落とし主がわかるようなものが出てきたら連絡してやれよ――」

そういっていた年上の男の目が、中途半端な位置で止まった。彼はバッグの横のほうを指差すと、少しひきつった口調でいった。

「おい、それ……血じゃないのか?」

「えっ?」

若い男もそこに目を向けた。たしかにバッグの側面のあたりに、べっとりと赤黒いものが付着している。

「うわあ」

若い男は思わずバッグをほうりだしていた。

捜査員たちが駆けつけたのはそれから間もなくである。バッグや、バッグが落ちていたという場所が徹底的に調べられた。

「バッグは焦茶色のトラサルディ——ブランド品です。買ってからまだ相当日が浅いと思われます。中に入っていたのは、口紅、コンパクト、ポケット・ティッシュ、ハンカチ、ソーイング・セット——裁縫道具のことです——それから新日航の時刻表と使用済みの搭乗券、以上です」

捜査一課の若い山本が、先輩刑事である渡辺に報告した。渡辺はちょうど四十歳、頭にそろそろ白いものが目立ちはじめている。

「財布は？」

と渡辺は後輩に訊いた。

「財布はありません。キャッシュカード、クレジットカードの類いもありません。身分を明らかにするものも入ってませんね」

「ふーん」

「やはり、新日航に電話をかけてきた男と関係があるんでしょうか？」

「わからん。何しろ死体がまだ見つかっとらんのだからな」

東京湾で死体が発見されたという知らせは、まだ入っていなかった。

「搭乗券の日付はどうなっている?」

「三月七日になっています。札幌発東京着の一〇八便です」

「書いてあるのはそれだけか?」

「そうです。座席指定のはずですが、座席番号の部分が破りとられていますね」

「なぜ破ったんだろう?」

「わかりません、なぜでしょうね」

山本は首をふって答えた。

とりあえずバッグの落とし主を探すことが先決だった。渡辺と山本の二人は、再び新日航の客室課に向かった。再びというのは、ついさきほどまでそこにいたからである。怪電話のことで事情聴取を行なっていたのだ。

客室課に行くと渡辺は遠藤課長に事情を話し、三月七日の一〇八便に乗った客のリストを見せてほしいと頼んだ。

「もちろんそれは結構ですが、全員の名前と連絡先を知るのは無理かもしれません」

遠藤は気の毒そうにいった。

「といいますと?」

「乗客リストというのは航空券に基づいて作りますからね。正規の手続きでお買いになったお客様ですと問題はないのですが、優待券であるとか、間に人が入っていた場合には名前が違っていることがあります」

「なるほど。では、わかる範囲で結構です」

「わかりました」

遠藤は席を立って出ていった。すると、彼が出ていくのを待っていたように、スタディ・ルームから太ったスチュワーデスが顔を出した。

「何かわかりました？」

太ったスチュワーデス――ビー子は、好奇心から目を輝かせて訊いた。

「いや、まだ何も」

と若い山本は歯切れ悪く答える。先刻の事情聴取のとき、彼らが聞きたいのはエー子の話であるのに、ビー子が横から唾をとばして話に割って入ってきたことを覚えているからだろう。

「血のついたバッグが見つかったんですってね」

「……聞いておられたんですか」

「やっぱり、その駐車場で殺人が起こったんでしょうか？」

「さあ……」

山本は頭を掻いた。渡辺はトイレにでも行くような顔をして、部屋を出ていってしまった。

「殺された人って、三月七日の一〇八便に乗っていたんですって？」

「殺されたかどうかはまだわかりません。そのときの搭乗券がバッグの中に入っていただけです」

山本は慎重に受け答えをしようとしているが、ビー子のほうはおかまいなしだ。

「その一〇八便、あたしも乗務していたんです」

「えっ、そうなんですか」

山本は目を丸くした。

「あたしだけじゃなく、エー子——早瀬さんもそうです。へえ、あのときのお客様の、いったいどの人が殺されたのかしら？」

「あのですね、そのときに何か変わったことはなかったですか？」

「変わったことって？」

「だから……いつもと何か変わったことです」

ビー子は大袈裟（おおげさ）に腕組みをして、難しい顔を作ってみせた。

「一〇八便っていったら、札幌から帰ってくるやつでしょ。ええとあのときは乗客がわりと少なくて、特に何もなかったんじゃないかしら」

「そうですか」

山本は特別期待もしていなかったとみえて、あっさりと答えた。

「ねえ、犯人は本気であんなことといったんだと思います？　お金を出さないと、新日航のお客様を殺しちゃうだなんて」

逆にビー子のほうが訊いた。

「うーん、何ともいえないですね。企業を脅すにしても、こういうタイプは初めてですからね。正気の沙汰でないことはたしかです」

「もし本当に殺人が起こったのだとしたら、大事件ですね？」

「無論そうです。その場合は何としてでも犯人をつかまえてみせます」

山本がいったとき、遠藤が戻ってきた。ビー子はすばやい動きでスタディ・ルームに引っ込んだ。

3

「悪戯だっていう説が主流よ」

食後のコーヒーを楽しみながらエー子がいった。彼女とビー子はマンションの一室を借りて二人で住んでいる。

「あの電話のこと？　だって血のついたバッグが駐車場から見つかったのよ。新聞記者だって来てたし」

食後のケーキをむさぼりながらビー子がいう。彼女の顔には、悪戯程度で終わってはつまらないという色がはっきりと表われている。

「バッグはそうだけど……。でも本気であんな脅迫をすると思う？　うちの会社の飛行機に乗った人を殺してやるだなんて」

「そりゃあ少しは頭がおかしいのかもしれないけど、本人は本気かもしれないわよ。今の世の中、何が起こったっておかしくないんだから。それに、メチャクチャだけど、やっぱりこのことを公表されたら、新日航を使おうって人は減ると思うわよ。だからマスコミには秘密にしているんでしょ?」

駐車場で血のついたバッグが見つかったことは公表されているが、怪電話のことはまだ発表していない。社内でも知っているのは、ごく一部の者だけだ。怪電話といえば、逆探知は結局できなかった。ビー子が電話番号を間違えたのだ。

「でも死体は見つかっていないわ」

「海の底に沈んでるのよ。重りか何かをつけてあるんだわ」

「だけど犯人の狙いからすれば、死体は早急に見つかったほうがいいんじゃないかしら。身元もすぐにわかって、その人がたしかに新日航の乗客だったってことになれば、脅迫も意味を持ってくるけど……」

「それは……何か事情があるのよ」

空になったケーキ皿をいつまでもフォークでこすりながらビー子が答えた。うまい返答を思いつかないとき、「きっと事情があるのよ」とか、「誰かがどこかでうまくやってるのよ」とかいうのが、彼女の得意技なのだ。

「あたし、新日航に恨みを持ってる人の悪戯だと思うな」
エー子は呟いた。

4

二日がたったが、捜査には目立った進展はないようだった。この日エー子が大阪からのフライトを終えて乗務員室に戻ってみると、見覚えのある二人の刑事が彼女を待ち受けていた。渡辺と山本の二人だ。

そして彼らの横には当然のようにビー子がいた。どういうわけか、こういうときには必ず彼女はいるのだ。いったいいつ仕事をしているのだろうと、エー子などは不思議に思うことがある。

ビー子のほかには、チーフ・スチュワーデスの北島香織もいた。

「バッグの持ち主がいまだに判明しないんですって」

香織が眉をひそめてエー子にいった。

「乗客リストのほうはどうだったのですか?」

とエー子は刑事たちに訊いてみた。答えたのは若い山本だ。

「連絡できるところは、殆どやりました。それに、新聞を見て、あの便に乗ったと名乗りでた人も結構いたのです。でも今のところ該当者はいません。あと十数人残っていますが、連絡先がわかっているのは三人ほどです」

「その十数人の中にバッグの持ち主がいるんですわ」

とビー子がやたらはりきっていった。

「そしてその人が名乗りでることはないでしょうね。だって殺されちゃったんだもの」

渡辺が咳ばらいをしてエー子のほうに向き直った。

「あなた方はあのときの便に乗務しておられたそうですね?」

「はい」

「じつはあなた方にも見ていただこうと思って、持参してきたんですよ」

彼が取り出してきたのは、例のバッグだった。血の痕が醜い。

「見覚えはありませんか?」

と山本が訊いた。

エー子はちょっと見ただけで首をふった。

「いくらなんでもお客様の持ち物を全部覚えるのは無理ですわ。それに日数もたっていますし……」

「あたしも思いだそうとしたんだけど駄目。それに大して特徴のないバッグだし」

北島香織もお手上げだというポーズをした。

「そういえばあの便には北島さんも乗っておられたんでしたね」

エー子が思いだしていった。それから彼女は刑事たちのほうを向き、

「あのときに乗務した、ほかのデスにお訊きになったんですか?」

と尋ねた。渡辺は下唇を突き出して頷いた。

「訊きましたがね、やはり答えは同じです。まあ無理だろうとは思ったんですが」

「あの、バッグの中を見てもいいですか?」

上目遣いで渡辺を見ながらビー子が訊いた。「だってほら、バッグには見覚えがないけれど、中身にはあるかもしれないでしょう?」

「なるほどね、まあいいですよ」

と刑事はうんざりした顔で答えた。

何か楽しいものを与えられた子供みたいに浮き浮きしながらビー子はバッグを開いた。中の物は全部ひとつずつビニール袋に入っている。

「あっ、新製品の口紅だ」

といい終わらぬうちに、彼女は口紅を袋から出して蓋を開けている。「困りますよ、勝手に出しちゃあ」と山本がぼやいた。

「でも指紋とかそういうのは、全部取ったんでしょう?」

「しかしですねえ……」

「藤さん、いい加減にしなさい」

北島香織にぴしりといわれて、ビー子は渋々といった表情で口紅を元に戻した。そのとき、エー子の頭に何かひっかかるものがあった。何か気になることがあるのだ。だがそれが何であるか、自分でもわからない。

「怪電話はあれ以来ありませんか？」

渡辺が香織とエー子に向かって訊いた。ビー子に訊く気はないみたいだ。

「ええ、あれ以後はありません」

とエー子が答えた。「東京湾から死体が見つかったというニュースも聞きませんね」

「そうなんですよ。どうも、このまま何となく終わってしまいそうな予感がしますね」

渡辺は苦笑しながら頭を掻いた。

だがこのままでは終わらなかった。

このあとエー子は東京・札幌を往復したが、その帰りの一〇八便でのこと。そう、例の一〇八便だ。

「ああ君、ちょっと」

エー子が通路を歩いているとき、彼女を呼び止める声がした。振り返ると、グレーのスーツを着たビジネスマンふうの男が小さく手をふっていた。

彼女が微笑みながら近づいていくと、男は口元に掌を添え、

「例の事件のことなんだけどね」

　と声をひそめていった。

「はい？」

「例の事件だよ。新聞に載ってたやつ。羽田の駐車場で血染めのハンドバッグが見つかった事件だよ」

「ああ……」

　とエー子はまわりの乗客が聞いていないことを確認してから、「あれが何か？」と、やはり声のトーンを落として訊いた。

「落とし主は三月七日の一〇八便の乗客らしいって話だったね。じつは僕もあの飛行機に乗っていたんだ」

「そうなんですか」

　エー子は少し驚いて男の顔を見直した。

「仕事の関係でよくこの便を使うんだよ。それで僕のところにも警察から問い合わせがあったらしいんだけれど、ちょうど留守にしていてね、まだ話をしていないんだ」

「話とおっしゃいますと？」

「うん。じつは僕はあのバッグに見覚えがあるんだ。僕の記憶に間違いがなければ、あの日の一〇八便の中で見た女性が持っていたはずだ」

「本当ですか?」

エー子は思わず大きな声が出てしまい、周囲の注目を浴びた。

「本当だよ。それで何か役に立てることがあればと思ったんだ。何なら東京に着いてから警察に行ってもいいけど」

「かしこまりました。少しお待ちください」

エー子は操縦室に行き、機長に報告した。機長は羽田空港に連絡し、指示を待つ。間もなく、警察官を客室課のほうに待機させておくという連絡が入った。

エー子は先刻のサラリーマンのところに行き、羽田空港に到着したら自分たちと一緒に客室課に行ってもらいたいと告げた。男は快く承知した。

「あの日はすいていたので、ベルト着用のサインが消えてから、その女性がどこからかやって来て、通路を挟んだ僕の隣りに座ったんです。特徴はというと……年齢は二十代半ばぐらい。髪は短めで、肩にはかかっていなかったです。パーマもかかっていなくて、黒くて真っすぐな髪をしていました」

客室課の応接室で、渡辺と山本に向かって男は説明した。成田と名乗ったその男は某商事会社のサラリーマン。年齢は三十一で独身、出張が多く、札幌には月に何度か行くということだった。

応接室には彼らのほかに、エー子とビー子も同席していた。

「服装はどうでしたか?」

と山本が手帳を構えた姿勢で訊いた。

「白っぽいスーツだったと思います。背格好は……彼女ぐらいかな」

成田は横で聞いているエー子を指差していった。二人の刑事の視線も彼女に向けられる。エー子はわけもなく赤くなった。ビー子は面白くも何ともないという顔をしている。

「顔は覚えておられますか?」

渡辺が訊くと、この質問を待っていたように成田は深く頷いた。

「はっきり覚えています。色が白く丸顔で、切れ長の目をしていました。丸顔といっても、下ぶくれではありません。適度な丸みです」

ここで山本はちらりとビー子のほうを見たが、すぐにまた手帳に視線を戻した。

「化粧は濃いほうではなかったですね。形のいい唇が印象的でした」

「どうやら美人のようですな」

と渡辺がいった。

「なかなかの美人です。だから覚えていたということもあるんですが」

そういって成田は照れくさそうに笑った。

「美人の場合はバッグまで覚えているということですか?」

「そういうわけでもないんですが、あのときその女性はバッグから口紅を出しましてね、化粧を直しておられました。そのようすが非常に印象深かったものですから、バッグのほうも記憶に残ったというわけです」

どうやらこの男はずっとその女性を観察していたようだなとエー子は思った。

「その女性と言葉を交わしましたか?」

「ええ、二言三言ですけど。何をしゃべったのかは忘れましたけど、とても感じのよい話し方をしておられました」

「どこかの方言が含まれていたということはないですか?」

「なかったです。奇麗な標準語でした」

「ふむ」

と頷いてから渡辺は考えこむ顔になった。成田がいった女性のイメージを思い描いているらしい。エー子も同じようにイメージを作ってみた。美人、感じのよい話し方——。

——そんな女性、乗ってたかな?

思いだそうとするが、何しろ時間がたちすぎていた。たまに乗る客たちと違って、エー子たちは毎日違う乗客と接するのだ。

最後に刑事たちは、例のバッグを取り出してきて成田に見せた。たぶん間違いないと思うと彼は答えた。

「ではこれはどうですか？」

渡辺がバッグの中から口紅を出して訊いた。すると成田は目を輝かせ、

「そうです、これです。この口紅を使っておられました」

と勢いのある口調で断言した。

5

さらに二日がたった。

仕事を終えてエー子とビー子が客室課に向かっていると、廊下をとぼとぼと歩いている山本の姿があった。

「どうしたの？　元気ないじゃない」

とビー子が妙になれなれしい調子で声をかけたが、「やあ」と疲れ切ったような返事が返ってくるだけだった。

「その顔からすると、例の捜査ははかどってないみたいね」

ビー子が面白そうにいう。山本は恨めしそうな目をしたが、いい返す元気はないみたいだ。

「いったいどうしたんですか？」

とエー子も訊いた。

「それがねえ、どうも話がおかしくなってきたんですよ」

山本は情けない顔をした。「あれからいろいろと調べましてね、なんとかあの便の搭乗客全員の身元を判明させることができたんです。その結果、今日現在で行方のわからない人なんていないんですよ。つまり怪電話でいってきたような殺人は行なわれなかったということになります」

「じゃあ、よかったじゃないですか」

エー子も安堵しながらいった。自分があの怪電話を受けただけに、あれからもずっと気にかかっていたのだ。

「それがどうもよくないんです。依然として、例のバッグの落とし主がわからないんですよ。成田さんによると、絶対にあのバッグを持っていた女性がいるはずなんですが、誰もそんなバッグは知らないという。似たような物を持っているという人さえいないんです」

「それはおかしいですね」

「おかしいです」

山本は眉を八時二十分の形に下げ、肩でため息をついた。「先輩刑事の渡辺さんなんか、あとはおまえに任せるとかいって逃げちゃうし……困りましたよ」

「だったら一度成田さんに、そのときの乗客全員の顔を見てもらえばいいじゃない。そうすれば一発よ」

ねえ、とビー子はエー子に同意を求めた。メチャクチャな意見を連発するビー子だが、この提案にはエー子も頷いた。

「もちろんそれはやりましたよ」

山本はうんざりした顔を作った。「まず成田さんがおっしゃった条件に合いそうな人の写真を揃えて、成田さんにお見せしたんです。ところがその中には問題の女性はいないとおっしゃるんです」

「じゃあもうちょっと条件を広げたらどうなんですか？　たとえば年齢の幅を広げるとか」

「五歳の女の子から、七十歳のおばあさんまで、あの便に乗っていた女性の写真は全部お見せしました。それでも該当者がいないとおっしゃるので、ちょっと女っぽい男性の写真まで見せたんです。さすがに成田さんは怒っちゃいましたよ」

まあそうだろうな、と笑いをこらえてエー子は頷く。

「あと考えられるのは、航空券を買った人間と、実際に搭乗した人物が違うのではないかということです」

「それだわ」

とビー子が頓狂な声を出した。「で、実際に乗った女性がバッグの持ち主なのよ。その女性はどこかに監禁されているか……もしかしたら……」

彼女はどうしても事件を大きくしたいらしい。彼女を無視してエー子は、

「成田さんが勘違いをしているという可能性はないんですか？　頻繁（ひんぱん）に飛行機を利用されるそ

うだから、ほかの日と間違えたとか」

と尋ねてみた。山本は力なく首をふった。

「絶対に間違いないと断言しておられます。本当に搭乗していた女性の写真はこれだけかと、逆に僕が疑われたくらいです。あとはスチュワーデスだけだといったら、スチュワーデスではないというし……」

するとやはり航空券を買った人間と搭乗者とが別なのだろうかとエー子は考えた。そして、航空券を買った人間はそれを黙っている。だが何のために？

「怪電話がなければ、あのバッグだって単なる遺失物だったんですよね。そりゃあ血がついていたという不自然な点はありますけど。――あるいはここまでだったら、手のこんだ悪戯という解釈が成り立つんですが、成田さんの証言があるでしょ。だから簡単に片付けるわけにもいかない」

山本の台詞（せりふ）には、成田の証言が出てきたことを有り難（あ がた）迷惑のように感じている響きがあった。

「まぼろしの乗客というわけね」

マンションに帰り、食後の読書をしながらビー子がいった。読書といっても彼女の愛読書は少女マンガか女性週刊誌である。

「どうも変よね」

テレビのコマーシャルを漫然と眺めて、エー子は首を捻(ひね)った。「もし悪戯じゃないんだとしたら、どうして被害者の身元が簡単にわかるようにしておかなかったのかしら？　バッグの中には身分を明かすような物は何もなかったし、死体だっていまだに発見されない」

「だからさ」

とビー子はソファの上でごろりと寝返りをうった。「犯人には何か考えがあるのよ。何か深ーい考えがね」

エー子は苦笑して吐息をついた。物事を難しく考えないということにかけては、ビー子はちょっとした権威なのだ。

自分もあまり考えるのはよそうとエー子はテレビに目を向けた。そのとき、画面に見たことのあるものが大写しになった。例のバッグに入っていた口紅のCMだった。

「この春、口元を彩るカラー……新発売」

女性の声が流れる。ぼんやりと見ていたエー子の目が、急に大きく見開かれた。

「そうだわ、あの口紅、やっぱりおかしいのよ」

勢いよく彼女は立ち上がった。

6

次の日の昼過ぎ、成田が山本に連れられて客室課に現われた。少し緊張して見える。

彼らを迎えたのはエー子とビー子だ。山本が二人に訊いた。

「おみえになっていますか?」

「はい」

とエー子はにっこりと答えた。「応接室でお待ちです」

「じゃあ早速そちらのほうへ行きましょうか」

山本がいって先に歩きだす。後から続く成田が不安そうな顔をした。

「ねえ、本当なんですか? バッグの落とし主が現われたって」

「本当ですよ。それが何か?」

「いや……」

成田は口ごもっていた。

応接室に入ると若い女性が一人で待っていた。山本と成田、そしてエー子とビー子が入っていく。

「寺西めぐみです」

と若い女性は名乗った。丸顔で、なかなかの美人だ。

「あなたがあのバッグの持ち主だとおっしゃるのですね?」

山本の穏(おだ)やかな問いかけに、めぐみと名乗った女はこっくりと頷いた。だがその直後、

「嘘だ、この人じゃない」

と成田が彼女を指差していった。「おい君、どうしてそんな嘘をつくんだ？　君があのバッグの持ち主であるはずがないじゃないか」

彼の突然の剣幕に、寺西めぐみはきょとんとしている。横から山本が割って入った。

「まあ落ち着いてください。どうしてあなたは彼女がバッグの持ち主でないと断言できるんですか？」

「それはつまり……僕が見た女性と違うからです」

「でもその女性がバッグの持ち主とはかぎらないでしょう？　その女性は似たようなバッグを持っていただけかもしれない。それよりも、こうして御本人が名乗りでてこられたのだから、こちらを信用するのが当然でしょう？」

「しかし……」

成田は口を閉ざしたが、やがて何かを思いだしたように顔を上げた。

「そうだ。もし本当にあのバッグの持ち主なら、なぜ血がついていたのか説明できるんでしょうね？」

すると寺西めぐみは笑みを浮かべ、「ええ、もちろん」とはっきり答えた。成田は目を剝いた。

「三月十四日の夜、車を取りに駐車場に行ったとき、突然車の陰から覆面をかぶった男の人が出てきて私の腕を摑んだんです。私が声を出そうとすると、掌で口をふさいで耳もとでいいました。『おまえは三月七日の一〇八便に乗っていただろう。俺はあの時から目をつけていたんだ』って。私、こわくてこわくて、夢中で男の指に咬みつきました。そして男の力が緩んだ隙に逃げだしたんです。でも男はしつこくバッグの紐を摑んでいましたから、私、バッグのことは諦めて、そのまま車に乗って逃げました。家に帰ってみると、歯に血がついていました。だからバッグについていた血は、そのときの犯人のものだと思うんです」

寺西めぐみは流暢に説明した。山本は納得したように頷いている。呆然としているのは成田だ。信じられないものを見るように、口をあんぐりと開けて寺西めぐみの顔を見ている。

「馬鹿なっ」

しばらくしてから成田は叫んだ。「何をいってるんだ君は？　どうしてそんなでたらめをいうんだ？　よくそんな作り話を……」

「成田さん」

横から山本がなだめるように呼びかけた。

「なぜ彼女のいっていることがでたらめだといいきれるんですか？　充分納得できる話じゃないですか」

「………」

返事に窮したのか、成田は沈黙した。耳のつけねが赤くなっている。

「貴重な証言だと思いますよ」

と山本は続けた。「寺西さんのいうとおりだとすると、犯人もあのとき飛行機に乗っていたことになる。そして犯人の血はバッグにべっとりとついていた。これはもう犯人がわかったも同然ですよ。片っぱしから当たっていけばいい。うまい具合に搭乗者リストもありますしね」

「ちょ、ちょっと待ってください」

成田はあわてたようすで言葉を挟み、また寺西めぐみのほうを向いた。「ねえ君、本当のことをいってくれよ。男に襲われたなんて嘘だろ」

するとめぐみは平然とした顔で、「いいえ」と首をふった。

「全部本当のことです」

「君……」

成田が泣きだしそうな顔になったとき、さらに山本が落ち着いた声でいった。

「さあ、それでは警察病院に行って、まず成田さんの血液型から調べましょう。大丈夫です。同一人物の血か、そうでないかは、すぐに判明します」

「いや、そんなことを急にいわれても……」

「すぐに終わりますよ。それとも、やましいことでもあるんですか?」

「いや……ない」

「だったらすぐに血を調べに行きましょう。さあ」

山本は成田の腕を取り、さあ、と迫った。悪ノリしたビー子も「さあ」と横からいう。続いてエー子が「さあ」。最後には寺西めぐみまでが一緒になって、さあさあさあ——。

「すいませんっ」

三人に迫られ、たまりかねたように成田は頭を抱えた。そして半泣きの声でいった。

「全部僕が仕組んだことだったんです」

7

「ごくろうさん、もういいわよ」

エー子がいうと寺西めぐみはぺこりと頭を下げ、成田のほうを一瞥してから部屋を出ていった。

「彼女はね、新日航のデス——つまりあたしたちの後輩なの。あなたを追いこむためにひと芝居頼んだのよ」

ビー子が鼻を膨らませた。まるで自分が思いついたことのようにいっている。

「やっぱりバレてたんですか。ようすがおかしいと思った……」

成田はすっかり元気をなくしてしまっている。

「観念したところで白状してもらおうか」

山本に促され成田はがっくり肩を落として頷いた。

「三月七日の飛行機に乗ったのは本当です。出張の帰りでした。そしてぼそぼそとしゃべり始めた。そのときに奇麗な女の人が横に来たことも事実です。上品で、理知的で、女らしくて……僕は完璧にひと目惚れしてしまったんです。あまりの衝撃に名前も連絡先も訊くのを忘れてしまいました」

「そんなに美人だったのか」

と山本は自分も会ってみたいというような口ぶりで訊いた。

「素敵な人でした。その人への思いは、別れてからのほうが強くなりました。何とかもう一度会いたい——僕は真剣に悩みました」

なるほど、とエー子は合点した。成田の狙いがだんだんわかってきたのだ。

「まず僕は乗客の名前と連絡先を教えてくれないかと新日航に問い合わせました。でも事務員はケチで、教えてくれませんでした」

「ケチじゃなくて、規則なのよね」

とビー子がビー子らしくないことをいった。

「そこで僕は考えました。何とか乗客全員に会う方法——それが今度の計画でした」

「つまり血染めのバッグを駐車場に捨てておいて、人を殺したと客室課に電話してきたわけね」

エー子がたしかめた。

「そうです。血染めのバッグだけでは警察が充分に動かないかもしれないと思い、あの電話をかけたんです。そうして頃合いをみはからって、あのバッグを持っていた女性を見たと名乗りでるわけです。そうすると警察が、僕をあのときの乗客全員に会わせてくれると睨んだんです。そしてあのときの女性に出会えたら、やっぱり記憶違いだったかもしれないとかいって警察をうっちゃっておいて、密かに彼女に会いに行くつもりでした。その作戦は九十九パーセント成功していたのに……」

「肝心のその女性には会えなかったわけね」

ビー子が楽しそうにいう。「そうなんです」と成田は情けない顔をした。

「まったく、よくそんなくだらないことを思いついたものだな」

山本は感心したようにいった。

「僕にとってはくだらなくはなかったんです。――それにしても、どうして僕の嘘がわかったんですか?」

成田はまだ諦めきれないようだ。それでエー子が、「口紅よ」と横からいった。

「口紅?」

「そう。あのバッグとか中の物は、当然あなたが揃えたんでしょう?」

「ええ。自分で買って、自分の血をつけておいたんです」

「コンパクトや口紅も使いかけの状態にして」

「そうです。なかなか芸が細かかったでしょう?」

「ところがそうじゃないの。あの口紅はね、この三月に発売されたばかりのものなのよ。だからまだ一週間しか使っていないはずなのに、それにしては減り方が多かった。つまりわざと使いかけに見せかけられたものだとわかったのよ。裏を返せば、その口紅を使った人はいないってことね。そうすると口紅だけじゃなく、バッグもコンパクトも、持ち主なんていないってことになるわ。でも持ち主がいるって主張している人がいる。それは誰か？」

「僕、というわけですか」

成田は落胆を隠せないようすだ。「あの口紅が新発売だったとはなあ……」

「それで皆さんに協力してもらってひと芝居うったわけだよ。最初は半信半疑だったが、あんたの狼狽ぶりを見て確信したよ」

山本は上機嫌だ。つまらないことで振り回されただけに、溜飲の下がる思いらしい。そして

「さあ行こうか」と成田を立たせた。その成田は腰を上げながら、

「それにしてもあの女性、いったいどこへ消えてしまったんだろう？」

と、まだ未練があるようだ。

「あんた、まぼろしでも見たんだよ」

山本が軽くいった。

引きあげていく山本たちの後についてエー子とビー子が客室課の前まで来たとき、チーフ・スチュワーデスの北島香織が顔を出した。香織はビー子を見るなり、

「藤さん、なにグズグズしてるの。そろそろ準備を始めないとだめよ」

といつもの調子だ。そしてそのまま速足で去っていってしまった。

「相変わらず口うるさいんだから、北島先輩は」

ビー子がむくれて部屋に入ろうとしたとき、エー子が彼女の袖を引っ張った。そしてエー子は成田のほうを指した。

成田は北島香織が去っていった方向を、じっと見送っている。

「まさか」とビー子が呟く。

「その、まさか――みたいよ」とエー子が返す。

「どうしてですか?」と成田が泣き顔を作って振り向いた。「どうしてあの人がスチュワーデスなんですか? あの人、この前は乗客の席にいたのに」

「あのねえ、あの日はねえ、先輩はひとりの客として乗ってたの。先輩の実家は札幌にあってね、こっちに帰ってくるところだったのよ。スチュワーデスだって、仕事以外で飛行機に乗ったっていいでしょ」

なだめるようにビー子が説明した。

「でも……だったらどうしてあの人の写真は見せてくれなかったんですか?」

成田は今度は山本に喰ってかかっている。山本は苦笑した。

「どうしてって、あの人がバッグの落とし主じゃないってことは、捜査を始めた日からわかってたからだよ」

「……そうか」

成田は下を向いて唇を咬んだが、やがて大きく息を吸いながら上を見た。

「よし。じゃあとりあえず目的は達したわけだ。今からでも遅くはない。是非アタックするぞ」

「ところが遅いのよね」

ビー子が意地悪くいった。「先輩が実家に帰ったのはね、結婚の報告をするからなの。この秋結婚するのよ」

「えーっ、そんな殺生な」

「残念ね、ケケケ」

「それにあんたはそれどころじゃないだろ」

山本が成田の肩をぽんぽんと叩いた。

「罪の償いが先決だ」

「ひええ」

狙われたエー子

1

十月九日金曜日、札幌発東京行きの新日航一〇六便A300は、予定どおり十六時十五分に千歳空港を飛びたった。天候は快晴、風もなく、順調に東京に到着しそうだ。

この便に乗務していたエー子は、客の中に懐かしい顔を見つけた。彼女らの先輩スチュワーデスだった北島香織だ。そういえば香織の実家は札幌にあるのだった。この秋結婚するということで彼女が会社を辞めたのは、ほんの二か月ほど前だが、それでもずいぶん長い間会っていないような気がする。

香織は窓際の席に座っていた。しばらく見ないうちに、前にも増して女らしくなったように感じられる。おしぼりを配りに行くとき、エー子は、

「お久しぶりですね」

と小さく声をかけてみた。香織はにっこりと微笑(ほほえ)んで応えた。チーフ・スチュワーデスだった頃は厳しく見えたものだが、全体的に丸みが加わったようだ。

いくら親しいとはいっても、ほかの乗客の目があるので個人的な会話などは慎まなくてはならない。エー子もそれ以上は何もいわず、またいつものペースで仕事を続けた。

飛行機は定刻どおりに東京に到着した。エー子たちが出口に並んで乗客を見送っていると、いちばん最後に北島香織がやってきた。

「エー子ちゃんが働いているところを、観察するのは久しぶりね」

香織は意味ありげににやにやした。

「もうあたしたちを指導する必要はないんですよ、先輩」

エー子が眉の端を下げていうと、香織はますます楽しそうに笑った。

「つい昔の癖が出て——というのは嘘。大丈夫よ、エー子ちゃんはもう立派に一人前なんだから。全然何の心配もしていないわ。心配なのはあなたのパートナー……」

そういって彼女はほかのスチュワーデスたちのほうを見た。「今日は一緒じゃないのね、例の問題児」

問題児というのは、エー子の親友ビー子のことだ。かつてはこの先輩を充分に悩ませたものだが、今はほかの先輩スチュワーデスを苦しめている。

「今日は鹿児島便のはずです」

「そう。おかげで快適だったわ」

香織は笑ったあと、「でも、正直いうとあまり快適でもなかったのよね」と声をひそめた。

「どうかなされたんですか？」

「ううん、つまらないこと。ただね、隣りのお客様が変な人だったのよ。離陸してから着陸までずっとうつむいたままで、一度も顔を上げないの。おまけに途中で唸（うな）ったりするのよ。それで、『ご気分でも悪いんですか？』って訊（き）いてみても、手を振るだけで返事もしないの」

「本当に変な人ですね」

香織の隣りにどういう客が座っていたのかを、エー子は思いだそうとした。しかし記憶にない。

「短い間でも、ああいう人と一緒だと気がめいるものよ」

香織はうんざりしたように顔をしかめて見せた。

彼女が出ていったあと、エー子たちは客室内の点検をし、それを終えると客室課に向かった。

そこで担当デスクに運航状況などを報告すると、エー子の今日一日の仕事は終了となる。

——やれやれ今日も無事終わったか

ほっとしながらエー子はタイムカードを打った。

2

その翌日——。

「いいわねえ、お休みの人は」

朝起きてからビー子はこの台詞（せりふ）を十回以上も繰り返している。エー子と彼女はマンションのルームメイトでもある。今日はエー子の休暇日で、そのことをビー子はしきりにうらやましがっているのだ。

「何いってるのよ、ビー子にだって休みはあるじゃない」

エー子がいうと、

「それはそれ、これはこれよ。あーあ、あたしも遊びたい」

無茶苦茶なことをいいながら、ビー子は渋々部屋を出ていった。

エー子のほうはもうひと眠りすると、午後から買い物に出かけることにした。

——どうも変だなあ
銀座の画廊で油絵を見ているとき、エー子はまたしてもその気配を感じて思わず後ろを振り返った。

その気配はずいぶん前から感じていた。誰かに見られているような気がしてしかたがないのだ。ビー子などはよく男性に見られたといって騒いでいるが、あれは単なる自意識過剰にすぎない。エー子が今日感じているものは、それと全く違うものだ。

それが気のせいではないと確信したのは、彼女が宝石店のウインドーを覗こうとしたときだ。目の端で何かが動くのに気づいた彼女は、一旦そちらに背中を見せてから素早く振り返ってみた。黒い影が、さっとそばの建物の陰に隠れるのがわかった。

エー子はハイヒールで駆けだすと、影が隠れたところに行ってみた。が、すでにそこには誰もいない。

——尾行されているんだわ。でも誰に？

気味が悪くなった。何の心当たりもないのだ。だいたい単なるスチュワーデスを尾行したところで、一文の得にもならないはずだ。

今日はたっぷりと遊ぶつもりだったが、彼女は早々に夕食を済ませるとマンションに帰ることにした。その頃にはもう尾行の気配は消えていたが、とても歩きまわっている気分にはなれないのだ。

——気のせいなんかじゃないわ。だけど、どうしてあたしなんかを……

電車の窓を流れる風景をぼんやりと眺めながら、エー子は思いをめぐらせてみた。が、もちろん何の考えも浮かばなかった。

駅を出て、マンションに向かって歩きだす頃には、かなり暗くなりはじめていた。駅から少し歩くのだが、途中やや寂しい道がある。小学校の裏側に当たっていて、夜はあまり人気がない。その道をエー子は速足で進んだ。

エンジン音が聞こえたのは、そのまま少し行ってからだ。最初は大して気にもとめなかったが、ヘッドライトの迫ってくるスピードがあまりに速いので、何となく振り向いてみた。

二つの光がすぐそばまで来ていた。ライトをハイ・ビームにしているので、まともに正視できない。まぶしいな、と思うと同時に、エー子は身の危険を感じていた。車は真っすぐに彼女に向かって突っ込んでくるのだ。

悲鳴をあげながらエー子は横っ飛びに逃げた。着地に失敗して膝をつく。その彼女のすぐ横を、車のタイヤがものすごい勢いで通りすぎていった。

しばらく彼女はそのままでいた。驚きと恐怖で身体が動かないのだ。ずるずるとハンドバッグを引き寄せて立ち上がったのは、何分かしてからだった。そして立ち上がっても、しばらくは放心状態だった。

また同じ方向から車が来た。エー子はバッグを胸に、身体をぴったりと塀に寄せた。だが今度の車は充分にスピードを落としていたし、ライトの位置も正常だった。

その車のテールランプを見送ったあと、エー子は無我夢中で走りだしていた。

マンションに帰ると、ひと足先にビー子がくつろいでいた。ビー子は、襲われたというエー子の話をすぐには信用しなかったが、彼女の口調があまりに真に迫っていたからだろう、やがて不安そうな顔つきに変わった。

「どうしてエー子が狙われるのよ?」

「わからないわ、そんなこと。あたしが教えてほしいぐらいよ」

「何か人に恨まれることでもしたんじゃないの?」

「心当たりないわ」

「そう……みんなそういうのよね」

「みんなって?」

「だから狙われるような人はって意味だけど……もちろんエー子は別よ。あたし、信用してるから」

ビー子は急いで手をふる。エー子はビー子の丸い顔を睨みつけた。こんなときでも、本気か冗談かわからないようなことをいう。それがまあいいところでもあるのだが。

車のナンバーや車種も見ていないので、警察に連絡するのは見送ることにした。それに、轢かれそうになっただけで怪我をしたわけでもない。狙われたような気がするといっても、警察としては戸惑うだけだろう。

「もしかしたら新手の変質者かもね。美人を狙って……。もしそうだとしたら、あたしも気をつけなくちゃ」

真剣な顔でそういうと、ビー子はクッキーをむしゃむしゃと食べた。

3

次の日の昼過ぎ、エー子が客室課で待機していると、遠藤課長に呼ばれた。何だろうと思って机の前まで行くと、遠藤は声をひそめて刑事が来ていることを告げた。

「警察の人が?」

瞬間エー子の頭には昨夜のことが思い浮かんだ。しかしあのことはビー子以外知らないはずだ。

遠藤は続けた。

「何か事件があって、関係者の行動について確認をしているらしい。それで一昨日の一〇六便に乗った乗務員に会わせてほしいといってきているんだが」

やはり昨夜のこととは無関係らしい。

「一昨日の一〇六便？　ああ……」

たしかにエー子はその便に乗務している。札幌から帰ってくる便で、あの日は北島香織が思いがけず搭乗してきたのだった。

「ほかのデスにも当たるらしいが、とりあえず今は君しかいないんでね。すまんがちょっと行ってきてくれないか」

「わかりました」

エー子が応接室に行くと、二人の刑事らしき男が広報課長と話しているところだった。彼女と入れかわりに広報課長は出ていく。自己紹介のあと、彼女はソファに腰を下ろした。

「お忙しいところを、どうもすみませんね」

坂本と名乗った刑事は、軽く頭を下げた。年齢は三十半ばといった感じで、精悍な顔つきをしている。

「用件というのは大したことじゃありません。この写真の人物が、一昨日の一〇六便に乗っていなかったかどうかをお訊きしたいだけなのです」

そういって坂本は背広の内ポケットに手を入れ、一枚の写真を取り出してきた。

「そうですか。でも、お客様の顔を全員覚えているわけでは……」

「でしょうね。しかし一度御覧になってください」

刑事が差し出した写真をエー子は受け取った。そこには、スーツ姿のサラリーマンらしき男が、神妙な顔をして写っている。ところがその顔を見て、エー子は、「えっ?」と思わず声をあげた。

「見覚えがありますか?」

刑事たちは身を乗り出してくる。それに答えずエー子は、

「この方、塚原という人じゃありませんか?」

と逆に尋ねていた。刑事たちのほうが驚いたようすで顔を見合わせた。

「たしかに塚原という人ですが、なぜそれを?」

坂本が訊いてきた。

「知っている人なんです。大学時代の友人で……」

いってからエー子は坂本の目を見返した。

「刑事さんたちは、あたしがこの人と知り合いだということをご存じなかったんですか?」

すると坂本は慌(あわ)てたようすで首をふった。

「いえ我々も驚いているところです。そんなことは全く想像もしませんでした。スチュワーデ

スなら、乗客の顔も覚えているのではないかと考えて伺ったわけです。しかし、それはすごい偶然ですね。で、今もつきあいがあるんですか?」

「いいえ、最近は全く……」

「ほう」

意外な展開に、坂本はどう対処するべきか迷っているようすだったが、

「で、結局この人は一昨日の飛行機に乗っておられたんですか?」

と、とりあえず本題に戻って訊いてきた。

「いいえ、乗ってはおられなかったと思います」

とエー子は答えた。「それに、もし乗っておられたなら、あたしに声をおかけになったと思いますし」

「それはそうかもしれませんね……」

「塚原さんが一〇六便に乗ったといっておられるのですか?」

エー子のほうから訊いてみたが、

「いや、そういうわけではないんですよ」

坂本は妙に歯切れが悪かった。

それから彼は、学生時代の塚原はどういう男だったかというような質問をしてきた。この際だからついでに訊いておこうという程度の口ぶりだったので、エー子も適当に答えておいた。

「あのう……塚原さんは、どういう事件に関係しておられるんですか？」

最後に彼女のほうから訊いてみた。さっきからずっと気にかかっていることだ。だが刑事のガードは固い。

「いや、大した事件ではないんですよ。塚原さんにしても、大勢いる関係者の一人というだけなんですよ」

曖昧（あいまい）な言い方で、ごまかされただけだった。

刑事と別れて客室課の部屋に戻ってからも、エー子はしばらくぼんやりしていた。塚原のことが頭にひっかかっているからだ。彼はいったい何の事件に巻き込まれているのだろう？　大勢の関係者の中の一人だと刑事はいったが、その行動をずいぶん詳しく調べているような感じだった。

——彼が容疑者？　まさか……

エー子は小さく頭をふった。

彼女の脳裏に白い歯が蘇（よみがえ）る。真っ黒に日焼けしているだけに、塚原の白い歯はとても印象的だった。

塚原とエー子は単なる知り合いではなかった。かつて将来を考えたこともある恋人同士だったのだ。

二人が出会ったのは、東京大学のテニスサークルにおいてだった。エー子より二年先輩の塚原は、優しく頼りがいのある男性だった。教養も豊かで、話題も豊富だった。エー子にいい寄ってくる学生は多かったが、すべての面で彼とは比較にならなかった。

それでも塚原の卒業と同時に二人が別れたのは、結局は考え方の相違が原因だった。塚原としては、エー子が卒業したらすぐに結婚して、彼女に家庭を守ってほしいと考えていたようだが、彼女のほうにはまだまだやりたいことがたくさんあった。その頃の彼女は、単に大学に通っているだけの生活にすら疑問を持ち始めていたのだ。

塚原が卒業してから間もなく、エー子は大学を中退して新日航のスチュワーデスの試験を受けた。そして二人は全然別々の道を歩きだしたのだ。

それからしばらくは、全く会っていなかった。現在のお互いの住所も知らなかったから、手紙のやりとりもなかった。

二人が再会したのは、つい三か月ほど前だ。町で偶然会ったのだった。ただこのことは、刑事には何となくいいにくかったので黙っていた。

「早瀬君じゃないかい？」

彼はこんなふうに声をかけてきた。それが塚原だとわかると、エー子は一瞬電気ショックを受けたように身体が動かなくなった。だが彼の懐かしそうな顔を見ているうちに、エー子のほうも自然に笑顔がこぼれた。

商社に就職したという塚原は、すっかり大人っぽく変わっていて、やり手の商社マンという雰囲気を漂わせていた。彫りの深い顔だちは昔のままだが、少し肉がついたことと、色が白くなったことが変わっていた。

エー子はひとりだったが、彼のほうは同僚と一緒だった。簡単に紹介を終えたあと、その同僚と別れ、二人は近くの喫茶店に入った。

「君は変わったね。前にも増して奇麗になった。そして生き生きしている」

こういって塚原は、実際眩しそうに彼女を見た。エー子は少し頬を赤らめて、彼の近況について尋ねてみた。彼は現在東京本社の産業機器部に勤務していて、主に国内の取引を担当しているということだった。出張も多く、月の半分は外泊らしい。まだ独身だが、今のままでは結婚できそうにないというようなことを、冗談まじりに話してくれた。

「君もまだ独り?」

遠慮がちに彼は訊いてきた。

「ええ、独りよ」

「そう」

このことについて彼は何もいわなかった。ただ別れ際に彼は名刺をくれた。名刺の裏には彼の部屋の電話番号を、ボールペンで記してあった。

「気が向いたら」

と彼は少しうつむき加減にいった。エー子は何もいわず、その名刺をバッグの中にしまった。

——気が向いたら……か

エー子はあの時のことを思いだして吐息をついた。彼のことを考えると、何だか心がときめいてくるのは事実だ。彼のほうもあるいは彼女からの電話を待っているかもしれない。しかし彼女は電話しなかった。決して気が向かなかったわけではないのだが。

この夜、エー子はマンションに帰ってから、ビー子に昼間のことを話した。彼女には前に塚原のことを打ち明けている。刑事から見せられた写真に彼が写っていたことをいうと、ビー子は飲みかけていたビールにむせた。

「あの写真の男って、前に聞いたエー子の恋人だったの?」

胸を叩きながらビー子は訊いてきた。

「昔の恋人よ。だけど、『あの写真』ってどういうこと? ビー子も見たの?」

「今日フライトが終わったあと、一緒に乗ったメグちゃんが刑事に呼ばれたから、あたしも付き添ってあげたの。その時に見せてもらったのよ」

「ふうん……」

メグちゃんというのは、寺西めぐみという後輩スチュワーデスのことだ。めぐみも一昨日の一〇六便に乗務していた一人だから呼ばれたのだろう。『付き添ってあげた』などと恩きせがましくいっているが、ビー子のほうがいつものヤジ馬根性を発揮したに違いない。

「写真の男性が一〇六便に乗っていなかったかって訊いたわね。メグちゃんは、覚えがないって答えてた。ほかのデスたちも、同じ答えだったらしいわよ」

「もし乗っていたのなら、彼だってあたしに気づいたはずだと思うのよね。そのことは刑事さんにもいったんだけど」

「刑事というのは慎重なのよ。エー子だってよく知ってるでしょ」

警察のことなら任せておけとばかりに、ビー子は鼻の穴を膨らませた。

「それはまあそうだけど。それにしても、いったいどういう事件のことを調べているのかしら?」

エー子としてはそのことがいちばん気になっている。新聞記事を調べたりもしたのだが、どうもそれらしい事件は見当たらない。

「はっきりしたことはわからないけれど、どうやら殺人事件らしいわよ」

ビー子があっさりいったので、エー子は驚いて彼女を見た。

「どうして知ってるの?」

「あの坂本とかいう刑事をしつこく問いつめたし、あとで広報課長にも訊いてみたの。そうしたらどうも、盛岡で起こった殺人事件を調べてるらしいのよ」

「盛岡? どうしてそれを東京で調べてるわけ?」

「だから被害者が東京の人なの。出張で盛岡に出かけていって、向こうのホテルで殺されたんだって。首をしめられていたそうよ。被害者が部屋に入れたということは、犯人は顔見知りの人間ということね」

いったいどうやって聞きだすのだろうと不思議になるほど、ビー子はよく知っていた。とにかく事件となると、ヤジ馬の虫がおさまらない性格だ。

――殺人……

そんな大きな事件に塚原がかかわっているというのだろうか？

「出張ってことは、被害者は東京の会社に勤めていたのね。その会社ってもしかしたら、F商事じゃない？」

エー子は訊いてみた。

「そうよ、F商事。たしかそうだったわ」

「やっぱり……」

塚原の勤めているのがF商事なのだ。そのことをいうとビー子は、

「じゃあそれで塚原っていう人も疑われているのかな？」

と少し遠慮がちに呟（つぶや）いた。

「そうかもしれない」とエー子もいった。「殺された人と塚原さんと、何か関係があったのかもしれない」

「でもよく考えてみたら変よね。盛岡で事件が起こったっていうのに、どうして札幌からの便に乗ってたかどうかなんて訊くのかしら?」

ビー子が首を捻る。

「わからない。でももしかしたら……」

いいかけてエー子は言葉を詰まらせた。

「もしかしたらって?」

「もしかしたら……アリバイの確認なのかもしれない」

「アリバイ?」

「事件が起こったときのアリバイを訊かれて、自分はそのとき札幌から東京に帰る便に乗っていたって塚原さんは答えたのかもしれない」

昼間エー子が尋ねてみたとき、塚原自身があの便に乗っていたと主張しているわけではないと坂本はいっていたが……。

「そうか……。でももしそうだとすると、エー子たちの証言は塚原さんにとっては、すごく不利だということになるわね」

「まあ、そうだけど、あたしたちが覚えていなかったからといって、彼が一〇六便に乗っていなかったとはいえないわ」

いってからエー子は、しかし自分の証言だけは特別かもしれないと思い直した。もし本当に塚原が乗っていたなら、どちらかが気づかないはずがないからだ。

——あたしの証言が彼にとって致命的になるのでは……。いいえ、大丈夫よ。どんな食い違いがあるにせよ、彼が殺人事件の犯人だなんてことがあるはずがない。

そう思ったすぐあとで、エー子は重大なことに気がついた。心臓が早打ちを始めた。

「どうしたの、エー子？　すごく顔色が悪いわよ」

ビー子が心配そうに覗き込んでくる。エー子は無理に笑顔を作ってかぶりをふったが、頬がひきつったようになった。

もし塚原が犯人で嘘のアリバイを主張しているのだとしたら、そしてもし彼が何かのきっかけで、あの便にエー子が乗務していたことを知ったとしたら、彼女の存在は非常に危険だと彼は考えるかもしれない。

——先日、あたしを襲った車……あれは彼が運転していたの？

あの不吉な気配がまた彼女の心の中に蘇ってきた。

4

次の日の午後、エー子が大阪からのフライトを終えて客室課に戻ってくると、ビー子がそばに寄ってきて耳うちをした。

「刑事は相変わらず、あの日の一〇六便に塚原さんが乗っていたかどうかを調べているみたい。

でも乗客リストを見たかぎりでは、塚原という名前はないそうよ」

「ほかの人の名前で予約してあったのかもしれないわ」

「もし塚原さんが乗っていたのなら、それしか考えられないわね」

ビー子は心配そうな顔をしている。今までこういう事件に巻き込まれると、はしゃぎまわるのが彼女の常だったが、今回ばかりはいつもの元気がない。疑われているのが、エー子の昔の恋人だからだろう。

「ありがとう、もういいわ。あとは成り行きを見守りましょう。どうせあたしたちには何もできないんだから」

エー子は無理に笑顔を作ってビー子にいった。

「それはそうだけど……」

ビー子は欲求不満みたいな顔をしている。しかしそれに構わずエー子は帰り支度を始めた。

塚原から電話がかかってきたのは、その夜のことだった。

ちょうどビー子が風呂に入っているときに電話は鳴りだした。夕食の片付けをしていたエー子は、エプロンで掌(てのひら)を拭いて受話器を取った。

「もしもし、早瀬君?」

この声ですぐに塚原だとわかった。エー子は全身を緊張させた。

「塚原さん……どうしてここが?」

エー子のほうは電話番号を教えていないはずだった。

「君の実家に電話して教えてもらったんだよ。友達と二人で住んでいるらしいね」

「ええ……」

受話器を握る手が汗ばむのがわかった。

「元気？」

「ええ、元気よ」

言葉とは逆に、ひどく重い声がエー子の口から出た。それを察してか、塚原のほうが沈黙した。

「あの、何か御用？」

「うん……じつはちょっとした事件に巻き込まれているんだけど、君のところに刑事は行かなかったかな？」

エー子は少しためらったが、「来たわ」とはっきり答えた。やっぱり、というのが彼の返事だった。

「刑事が君の名前を出したんだよ。早瀬英子という人を知っているだろうってね。彼女がどうかしたのかって訊いてみても、何も教えてくれなかった」

「そう」

彼女が一〇六便に乗務していたということを、今のところ警察側は彼に隠しておくつもりらしい。

「ねえ、塚原さん」

と彼女は呼びかけた。「いったいあなたは事件にどう関係しているの? どうして警察はあなたを疑っているの?」

少し間があって、

「いろいろと事情があるんだ」

と彼はいった。「ひと言ではいいにくいな。是非じかに会ってゆっくり話したい。そのために電話したんだ」

「じかに会うといっても、あなたには……」

警察の見張りがついているのではないか——そう思ったが、さすがに口には出せなかった。だが彼のほうもその点は考えているらしい。

「刑事ならうまく巻いてみせるよ。それほど難しいことでもないんだ。君、明日はあいてるかい?」

「何とかするわ」

すると彼は時刻と待ち合わせの場所を指示してきた。夕方の五時に、都内のデパートの屋上で会うということになった。

少し前までビア・ガーデンになっていた屋上だが、今はベンチをいくつか置いてあるだけだった。エー子がその中の一つに腰かけて待っていると、五時ちょうどにグレーのスーツを着た塚原が姿を見せた。昔から時間には正確だったことをエー子は思いだした。

彼は彼女を見つけると小さく頭を下げ、何もいわずに彼女の隣りに座った。

「君に迷惑がかかっているんじゃないだろうか?」

塚原はまずこういった。

「迷惑なんてこと……ただ、わけがわからないだけだわ」

「そうだろうな」

彼は深いため息をつき、頭をくしゃくしゃと掻いた。「僕の上司に中上という課長がいる。その中上課長が、盛岡のホテルで殺されたんだ」

エー子は唾を飲もうとした。だが口の中はカラカラだった。

「で、その出張に同行していたのが僕なんだよ」

「それで警察はあなたのことを?」

エー子が訊くと、彼はゆっくりと首をふった。

「それもあるだろうけれど、警察が僕に目をつけた最大の理由は、動機のセンからだと思うね。僕と課長とは以前から仕事のことで意見が合わなくてね、課長は僕を追放しようとしていたんだ」

「それが動機なの?」

「そういうことらしい」

塚原は苦笑した。その横顔を見て、エー子は少しほっとした。

「でも僕にはアリバイがあるんだけどな」

彼の台詞に、エー子はまたどきりとした。

「アリバイって?」

「僕は課長と盛岡で別れて、ひと足先に東京に帰ったんだ。課長が殺された時刻はかなり正確に割りだされているみたいだけれど、その頃僕はまだ新幹線の中だよ」

「新幹線?」

エー子は聞き返した。「飛行機の中じゃなくて?」

「もちろん君は知っているだろうけれど、花巻から東京という路線が今はないからね。それで列車で帰ってきたわけだけど、その夜同期入社だった男の送別会があったので、そのまま会場に駆けつけたんだ。だから証人は大勢いるということになる」

「ああ、そういうこと……」

送別会に現われた時刻から逆算すれば、塚原が遅くとも何時の列車に乗らなければならないかははっきりする。それが事件が起こるよりも前であるなら、彼のアリバイは成立するはずだ。

「でもおかしいわ。刑事さんたちは、札幌発東京行きの飛行機にあなたが乗っていなかったかって尋ねに来たのよ」

「札幌発東京行き？　どういうことだい、それは？」

「わからないわ。だけどあなたの写真を見せて、そう訊いてきたのよ……」

そういってからエー子は、はっとした。あることを思いついたのだ。彼女はバッグの中から飛行機の時刻表を取り出して広げた。

「やっぱりそうだわ。花巻・東京間というのはないけれど、花巻から一旦札幌に行って、そこから東京に向かう手がある。札幌での待ち時間もそれほど長くはないし」

彼女の手元を覗き込んで、塚原も頷いた。

「なるほどそういう方法があったのか。それならばギリギリ送別会に間にあうな。警察は、僕がその方法を使ってアリバイ工作したと思い込んでいるんだな」

事件が起きたとき、警察は真っ先に塚原を疑ったのだ。だが彼にはその時間、列車に乗っていたというアリバイがある。そこで刑事たちは飛行機の可能性を調べ、札幌を経由するという方法にいきあたったに違いない。

「刑事さんたちとしては、あなたがあの日の一〇六便に乗っていたという証言が欲しかったのね。だからあたしたちが否定したあとでも、まだ執拗にその可能性を探っているんだわ」

エー子がそういったとき、そばの自動販売機の陰でコトッと物音のするのが聞こえた。それに気づかずに塚原が何かしゃべろうとしたので、エー子は、「しっ」といってそれを制した。

「どうしたんだい?」

塚原が声を落として尋ねてくる。エー子は自動販売機を指して、

「誰かが隠れてるわ」

と小声でいった。塚原の顔色が青ざめた。

もしかしたらこの間自分を襲った犯人では——そう考えながら、エー子は足音をたてないようにゆっくりと近づいていった。そして素早く、後ろに回った。

「ぎゃっ」

という声を出したのは、エー子ではなく相手のほうだった。何をしてるのっ、と厳しくいい放とうとしたが、そこに隠れていた者の正体を知り、エー子はあんぐりと口を開けた。

「ビー子……あなたこんなところで何をしているの?」

「えへへへ、バレちゃった」

ビー子は頭を掻きながら立ち上がった。ジーパンにトレーナーという、いつになく地味な格好だ。どうやら変装したつもりらしい。

塚原も驚いて寄ってきたので、エー子は彼女のことを紹介した。ビー子は照れくさそうにしながら頭をぺこりと下げた。

「じつはねえ、昨夜お風呂に入ってるふりをして、エー子の電話を聞いてたの。それで、これは大変だと思って……」

「どうして大変なのよ?」

エー子の声はついついとがってしまう。

「そう怒らないでよ。あのさ、もしかしたらこの間エー子を襲ったのは、塚原さんかもしれないと思ったのよ。よくわからないけど、アリバイ工作の邪魔になるということで。それで、もしものことがあったら助けなきゃいけないと思ってつけてきたの」

そういってからビー子は、ごめんなさいと頭を下げた。「エー子の恋人だった人がそんなことをするはずないんだけど、どうしても気になって。今ここで二人の話を聞いていて、とんでもない誤解だってことがわかりました。本当にごめんなさい」

ぺこぺこ謝るビー子を見て、エー子は彼女を責められないと思った。自分だって同じ疑いを持っていたのだ。

「よくわからないんだけど、早瀬君を襲ったってどういうことだい?」

塚原が不思議そうな顔をするので、エー子は数日前に車に轢かれそうになったことを話した。さすがに彼も顔をこわばらせた。

「もちろん僕ではないよ。だけど誰がいったいそんなことを」

エー子は首をふった。

「あぶないな。知らないうちに恨みを買っているということはあることだからね、早く警察にいったほうがいいよ」

「あのー、その件なんだけど」

ビー子が首をすくめ、上目遣いにエー子たちを見ていった。「じつはあたしのほうから警察に話しちゃったんです」

そして彼女はエー子たちの背後を指差した。エー子が振り返ると、そこには坂本刑事たちが立っていた。

「ビー子、あなた……」

「ごめんなさい。だって、もし塚原さんがエー子の命を狙っているのだとしたら、あたし一人じゃ不安でしょ?」

「藤さんの情報は貴重でしたよ。じつは我々はあなたのことも疑っていましたからね」

坂本がエー子に近づいてきていった。

「あなたは塚原さんとグルで、あの日の飛行機に彼が乗っていたことを故意に隠しているんではないかとも考えていたんですよ。しかし、さきほどのあなた方の話を聞いて、少なくとも早瀬さんは事件には無関係だということがわかりました」

「塚原さんも無実みたいですよ」

ビー子が横から口を出した。

「いや、それはまだ何ともいえませんね」

坂本は唇の端に笑(え)みを浮かべ、横目で塚原のほうを見た。「飛行機のトリックに今初めて気がついたような顔をしておられるが、実際のところはどうかわからない。それに、あなたが早瀬さんを襲ったという可能性も消えてはいない」

「なぜ僕が彼女の命を狙わなきゃいけないんですか？」

塚原は怒りを含んだ口調で訊いた。

「仮にあなたが一〇六便に乗っていたなら、スチュワーデスの一人が早瀬さんだということにも気づいたでしょう。もし早瀬さんのほうもあなたに気づいていたなら、アリバイ工作は無意味になる。そう考えたあなたは彼女を殺すことにした——こういうふうにも考えられます」

「馬鹿馬鹿しい」

塚原は吐き捨てるようにいった。

「馬鹿馬鹿しいかどうかは、まだわかりませんよ。それにね、現在あの日の乗客を片っ端から当たっていますが、どうやら一名だけ正体不明の乗客がいるようなんです。それがいったい誰だったのか、必ず明らかにしてみせますよ」

坂本は一緒にいた刑事たちに合図して、引きあげようとした。だがここでエー子が、

「ちょっと待ってください」

と声をかけた。坂本は立ち止まり、振り返った。

「一名だけ正体不明の乗客がいたとおっしゃいましたわね？」

坂本は頷いて、「偽名を使っていたようですな」といった。

「それが塚原さんだという証拠はないんでしょう?」

「まあ、今のところは」

といって、坂本は目線をちらりと塚原のほうに走らせた。

「塚原さんじゃないにしても、その偽名の乗客が盛岡の事件の犯人である可能性はありますね?」

エー子の言葉に坂本は眉を寄せ、首を捻った。

「どういうことですか?」

「つまり――」

エー子は唇を舐め、深呼吸をした。

「たとえば犯人は当日東京にいるべき人間で、犯行のためにこっそり盛岡に行ったとします。この場合でも、犯行後犯人が札幌へ飛んで一〇六便を利用した可能性はあると思うんです」

「それは……あるかもしれませんね」

「そうして、東京へ帰ってきたらすぐに人と会って、アリバイを作る」

「なるほど、我々が塚原さんに対して抱いた疑惑が、ほかの人間にも当てはまるというわけですか」

坂本がいうのを聞くと、エー子は次に塚原のほうを向いた。

「塚原さん、あの日東京に帰ってから、同期入社の方の送別会があったって話でしたね」

「うん、そうだけど」

「その送別会に参加した人たち全員の写真はありませんか？　たしかめたいことがあるんです」

「そういえば、送別会のあと皆で一緒にとった写真があるけれど……。君は、あの送別会に出た人間の中に犯人がいるというのかい？」

「それは写真を見てからお話しします。写真はどこに？」

「僕の部屋にある」

「じゃあこれから行きましょう。――刑事さんもいかがですか？」

「もちろんおつきあいさせていただきますよ。しかしいったいどういうことですか？」

「まだ断言はできませんけど、もしかしたら真犯人をつきとめられるかもしれません」

　えっと驚く坂本たちを無視して、エー子は今度はビー子にいった。

「ビー子、北島先輩に連絡をつけてちょうだい」

5

　塚原が空港にやってきたのは、事件が解決してから十日後のことだった。エー子は彼と一緒に外に出て、飛行機が飛びたったり、どこかから帰ってくるのを眺めたりした。

「海外勤務に替わることになったんだ」

、塚原は明るい声でいった。「前から希望をいってたんだけど、今度ようやくかなえられることになった。ちょうどよかったと思うよ。忘れたいことも多いしね」

「そう」

エー子は滑走路のほうに視線を向けたまま返事した。

「しばらくは日本に帰ってこないと思う」

「……それもいいわね」

「君には世話になったよ。君のおかげで、妙な疑いを晴らすこともできた」

「そんな……大したことじゃないわ」

エー子は髪をかきあげ、微笑んだ。

あの日、塚原の部屋で送別会のときの写真を見せてもらったエー子は、すぐに北島香織を呼び出した。そして先日彼女が一〇六便に乗ったとき、隣りに座った妙な男というのは、この中にいないかと尋ねてみたのだ。香織はしばらく写真を眺めたあとでポンと手を叩き、一人の男の顔を指差した。

「この男よ。間違いないわ。あの時は鼻の下に髭を生やしていたけれど、たしかにこの男だったわ」

それは塚原の同期で、田口という男だった。

「やっぱり」とエー子は呟いた。

「やっぱり？」

「犯人はこの人ですわ」

エー子は坂本刑事にいった。「塚原さんと同様、この人もあの日の送別会に出なければならなかった。そこで東京からわざわざ盛岡まで出かけていって課長さんを殺し、そのあと札幌を経由して東京に帰ってきたんです」

思わぬ展開に坂本もすぐには声を出せないようすで、その写真を眺めていたが、

「なぜこの方の隣りに座っていたとわかったのですか」

と北島香織を見ながらエー子に尋ねた。

「あのときの乗務で、あたしが北島先輩に声をかけたことを思いだしたんです。たしか、お久しぶりですね、といったはずです。あのとき先輩は微笑まれただけで、声に出しては返事をされませんでした。だからもしあのとき先輩以外にあたしの知っている人がいたら、自分に声をかけたのかと勘違いするかもしれません」

「あなたは、この田口という男を知っていたのですか？」

「少しだけ」

そういってエー子は塚原を見た。彼は一瞬思いだせなかったようだが、すぐに大きく口を開けて頷いた。

「あのときの……」

「ええ、あのときにお会いしたでしょ」

三か月ほど前にエー子が塚原と再会したとき、彼のほうには連れがいた。それが田口だったのだ。

「田口さんはあたしのことを覚えていたんですね。だからあたしが先輩にかけた声が、自分に向けられたものだと思ったんです。それでこのままではアリバイが崩れると思って、翌日すぐにあたしを狙ったんですわ」

「そういうことか」

坂本は腕を組んで唸(うな)り声をあげた。

このあとは坂本たちの活躍で、田口はあっさりと逮捕された。北島香織に顔を覚えられていたのが致命的だったわけだ。田口は殺された中上課長の妻と関係していて、それが暴露(ばれ)そうになっていたので犯行に及んだらしい。わざわざ盛岡まで出かけていったのは、塚原に疑いをかけることで、警察の目が自分に向かないようにするためだったと白状した。

ともあれ事件は解決した。エー子が塚原と会うのは、あれ以来初めてのことだ。

「今度の事件があって、ひとつだけはっきりしたことがあるな」

塚原がいった。「それはね、君はやっぱりあのとき僕と別れて正解だったってことだよ。素晴らしい友達に囲まれて、そうして君自身も輝いている」

彼は昔のように、白い歯を光らせて笑った。そして右手を差し出してきた。

「さようなら、元気でね」

エー子もその手をしっかりと握った。固いが、暖かい掌だった。

「さようなら」

とエー子もいった。

塚原は彼女の手を離すと、くるりと向こうをむいて歩きだした。彼に振り返る意思がないことを確認すると、エー子も回れ右をした。そしてまた職場に向かう。なぜだか知らないが、涙が滲（にじ）みそうになった。

このとき前方に人影が現われた。ビー子が手をふっている。

「何やってるのよ、エー子。鯛焼き買ってきたから早く食べようよ」

「今行くわ」

そういってエー子は片手を上げた。

一九八九年八月　実業之日本社刊

光文社文庫

傑作ユーモア推理小説

殺人現場は雲の上

著者　東野圭吾

1992年8月20日　初版1刷発行
2006年2月5日　18刷発行

発行者　篠原睦子
印刷　萩原印刷
製本　フォーネット社

発行所　株式会社　光文社
〒112-8011　東京都文京区音羽1-16-6
電話　(03)5395-8149　編集部
8114　販売部
8125　業務部
振替　00160-3-115347

ISBN4-334-71563-X　Printed in Japan

お願い　光文社文庫をお読みになって、いかがでございましたか。「読後の感想」を編集部あてに、ぜひお送りください。

このほか光文社文庫では、どんな本をお読みになりましたか。これから、どういう本をご希望ですか。どの本も、誤植がないようつとめていますが、もしお気づきの点がございましたら、お教えください。ご職業、ご年齢などもお書きそえいただければ幸いです。

光文社文庫編集部

KOBUNSHA